T0247113

Del Francia, Silvia, 1966-
El héroe invisible / Silvia del Francia, Luca Cognolato ; traducción Edson David Rodríguez Uribe. -- Edición Miguel Ángel Nova. -- Bogotá : Panamericana Editorial, 2021.
160 páginas ; 17 x 23 cm.
Título original: L' eroe invisibile
ISBN 978-958-30-6345-9
1. Perlasca, Giorgio - Novela 2. Novela italiana 3. Holocausto judío (1939-1945) - Novela 4. Guerra mundial II 1939-1945 - Novela 5. Judíos - Novela I. Cognolato, Luca, 1963- , autor II. Rodríguez Uribe, Edson David, traductor III. Nova, Miguel Ángel, editor IV. Tít.
853.91 cd 22 ed.

El héroe invisible

Luca Cognolato y
Silvia del Francia

Primera edición en Panamericana Editorial Ltda.,
agosto de 2021
Título original: *L' eroe invisibile*
por Luca Cognolato y Silvia del Francia

Calle 12 N.° 34-30. Tel.: (57 1) 3649000
www.panamericanaeditorial.com
Tienda virtual: www.panamericana.com.co

Editor
Panamericana Editorial Ltda.
Edición
Miguel Ángel Nova
Traducción del italiano
Edson David Rodríguez Uribe
Diagramación
Rafael Rueda Ávila
Imágenes de carátula
© Shutterstock: Konoplytska; A_Lesik
Diseño de carátula
Jairo Toro Rubio

ISBN 978-958-30-6345-9

Impreso por Panamericana Formas e Impresos S. A.
Calle 65 No. 95-28. Tels.: (57 1) 4302110 - 4300355. Fax: (57 1) 2763008
Bogotá D. C., Colombia
Quien solo actúa como impresor.

Impreso en Colombia - *Printed in Colombia*

El héroe invisible

Luca Cognolato y
Silvia del Francia

Con una memoria de Franco Perlasca

Traducción: Edson David Rodríguez Uribe

Contenido

A Davide, a Emma, a Giacomo, a Tommaso.
Se dice que la ocasión hace al ladrón.
En mi caso, ha hecho algo más.

Giorgio Perlasca

Agua **gélida**

Inmóvil y descalza en la orilla del río, Helga mira fijamente los bloques de hielo cubiertos de nieve que son arrastrados por la corriente. Nubes de plomo cierran el cielo y lo cubren de un gris oscuro, mientras el viento le quema el rostro.

Un temblor empieza a sacudirla, le hace doblar las rodillas, casi le impide respirar. Quisiera gritar, quisiera correr lejos, escapar y, sin embargo, permanece escuchando el corazón que martilla violento en sus oídos. Castañean sus dientes y espera.

Con un alambre atan su mano a la del hombre que tiene al lado. Una orden seca, gritada.

El golpe de pistola explota sobre sus hombros, muy cerca de su cabeza, y es extraño, porque no siente ningún dolor. Desde entonces queda aturdida, se precipita con los ojos muy abiertos en el agua gélida, donde todos los sonidos desaparecen, y el cuerpo al cual está atada simplemente la hunde hasta el fondo.

Hay un silencio que da miedo. El agua le aplasta el pecho, le bloquea la respiración. Agita fuerte las piernas para regresar hacia la luz, hacia el aire, abre la boca y todo desaparece.

Helga se despertó, jadeando en busca de aire, con el sudor que la bañaba y las manos que forcejeaban.

"Era solo un mal sueño", se dijo.

Una cosa así de horrible nunca habría podido suceder en la realidad.

Carrera a la estación

BUDAPEST, INVIERNO DE 1944. Una Buick negra, con dos hombres a bordo, apareció improvisamente procediendo a gran velocidad. Las ruedas salpicaban hielo contra los cúmulos de nieve a los lados de la vía, y en dos oportunidades el conductor se arriesgó a perder el control. En cada curva los dos banderines amarillos y rojos parecían estar a punto de ser arrancados por los guardabarros. El español en el asiento trasero observaba nerviosamente a través de la ventana e incitaba a acelerar, mientras el cielo prometía más nieve.

El automóvil fue conducido dentro del recinto de la estación, casi hasta las vías, y allí, bajo control, terminó su carrera con un chillido de frenos.

—Señor Jorge, llegamos demasiado tarde —dijo el hombre al volante.

La puerta se abrió de par en par, como si una turbina de viento, que había permanecido atrapada dentro del habitáculo hasta ese momento, se liberase; un hombre alto y rubio, sobre los treinta años, salió del auto y, gritando en un húngaro atropellado, llegó hasta la multitud de personas que estaba lista para partir, dejando al conductor a la espera con el motor encendido.

Al costado del largo convoy, los soldados estaban subiendo al vagón de carga a hombres, mujeres y niños que llegaban en fila: los empujaban golpeándolos con las culatas de los fusiles en la espalda, gritando e insultando. Los más lentos o los que se resbalaban eran golpeados en la cabeza con rabia.

Jorge se atravesó entre ellos; apretando un paquete de papeles en la mano, empezó a escrutar los rostros de aquellos que avanzaban en fila a lo largo de la vía o ya se encontraban frente a los vagones, listos para subir. Los soldados alemanes que cargaban los prisioneros al tren lo observaron sorprendidos, sin saber qué hacer. Como si no fuera lo suficientemente alto, cada dos pasos se levantaba sobre las puntas de sus pies, tratando de identificar un rostro entre la multitud. Era difícil lograr mantener la mirada, reconocer un rostro. Permaneció inmóvil, de pie en las vías, con una expresión de desespero y desilusión.

—*Troppo tardi* —se le escapó de los labios la expresión en italiano.

Ninguno de los prisioneros congelados osaba hablar o protestar; algunos lloraban resignados. Los soldados contaban las cabezas de los que habían sido cargados; con ochenta en cada vagón, este se cerraba y se sellaba.

No sabía qué más hacer. Mientras tanto las fauces del convoy, cubiertas de paja, continuaban abriéndose y tragando personas.

En un momento, Jorge pareció despertarse: con un gesto fulminante, aferró los brazos de dos gemelos que estaban pasando en la fila frente a él.

Eran dos jovencitos de cabello oscuro y rizado, absolutamente idénticos, que se tomaban de la mano con una expresión de terror en los ojos.

Antes de que alguno de los alemanes tratara de detenerlo, los llevó hasta su carro, los empujó hacia dentro velozmente, cerró la puerta y se apoyó sobre ella.

Cuando vio llegar al soldado que los había reconocido, se plantó frente al automóvil.

—¡Hágalos descender inmediatamente! —El militar lo amenazó con el fusil.

El español alzó la mano que sostenía los documentos y respondió en alemán:

—Ellos dos están protegidos por el gobierno de España. Nadie puede tocarlos.

Parecía que sus ojos azules lanzaran chispas. Era más alto que el hombre armado y seguramente más importante. Este, sin saber qué hacer, se detuvo y observó alrededor en busca de ayuda. Entonces llegó un oficial a grandes pasos, y al llegar llevó la mano hacia la cintura, muy cerca de la pistola.

—¡Estos dos jóvenes están protegidos por el gobierno español! Soy Jorge Perlasca, un funcionario de la Embajada de España. —Parecía que el hombre armado ni siquiera lo había escuchado y trataba de alcanzar la manija para abrir la puerta.

Los dos jóvenes, acurrucados en la silla, miraban atónitos toda la escena.

—¡Este carro es como si fuera territorio español! Usted no puede abrir la puerta. Existe la extraterritorialidad.

El oficial, exasperado, sacó la pistola y le apuntó.

—¡Basta! ¡Abra inmediatamente! Es una orden.

Parecía que quisiera dispararle en la cara, ahí frente a todos. Jorge tuvo la sensación de que el tiempo se ralentizaba, hasta detenerse para siempre; miraba fijamente al oficial sin parpadear: el miedo a la muerte inminente no parecía perturbarlo, ni convencerlo de hacer aquello que le habían ordenado. Los jovencitos contuvieron la respiración.

Raúl Wallenberg, un diplomático sueco que había observado toda la escena, se acercó y se dirigió bruscamente al oficial.

—Usted no se da cuenta de lo que está haciendo: agredir a este hombre es como agredir a la misma España. Es una cosa muy grave. Usted está atacando a un país neutral y, más aún, amigo de su gobierno. Deténgase, mientras está a tiempo.

A sus espaldas, todos los vagones ya estaban cerrados y sellados; todos excepto uno, a la espera de cargar los últimos dos prisioneros. Rostros pálidos espiaban a través de las rejas lo que estaba sucediendo; alguno se lamentaba a baja voz, sacando los dedos por las grietas de las ventanas.

El oficial, aún con la pistola en la mano, se sorprendió por un momento; no sabía si amenazar también a Wallenberg. Entonces, maldiciendo, le dijo al español:

—Usted está obstaculizando mi trabajo. Le repito: ¡devuélvame a esos dos jóvenes inmediatamente!

—¿Usted llama trabajo a esto?

El diplomático español tenía la cara muy cerca a la del oficial; hubo un silencio cargado y eléctrico, de esos que preceden a los estallidos de furia.

Llegó, dando grandes zancadas, un coronel de las SS, con la mirada enojada de alguien a quien le están haciendo perder el tiempo y que quiere encontrar al responsable lo más pronto posible; tan pronto como vio al superior, el oficial guardó la pistola en la funda, hizo el saludo militar y explicó el porqué del retraso, tratando de usar el menor número posible de palabras.

Perlasca, sin que nadie se lo hubiera pedido, repitió que el automóvil era territorio español y que nadie podía entrar en él sin permiso; entonces el otro volvió a protestar, y habría continuado hablando si el coronel no le hubiera hecho un gesto para que se callara. Observó a los dos hombres de pie frente a la puerta del auto.

—¿Quién está en el carro? —preguntó.

—Dos protegidos del gobierno de España, capturados por error. Estaban a punto de ser cargados en ese tren, en contra de las disposiciones del Ministerio de Relaciones Exteriores húngaro —dijo Perlasca.

—¿Y usted es?

—Jorge Perlasca. Represento a la Embajada de España.

—Váyanse, ya es tarde —el alto oficial ordenó a los militares.

Luego, dirigiéndose de nuevo al español, le ordenó:

—Quédese con esos dos; también llegará el momento para ellos —Y se fue, girándose de golpe.

Gritaron algunas órdenes, se escuchó un silbido largo, el chirrido de las ruedas metálicas y, pocos minutos después, el tren había desaparecido, con todos los hombres, las mujeres y los niños que se había tragado.

Perlasca permaneció inmóvil, mientras las vías volvían a quedar vacías y los soldados subían ordenadamente a los camiones.

—Señor Perlasca, permítame felicitarlo —Raúl Wallenberg se acercó con la mano extendida, después de haberse quitado el guante—. Había escuchado rumores sobre sus tenaces maneras, pero esto supera cualquier expectativa. Felicitaciones.

Perlasca se giró hacia el sueco y le apretó la mano, con el aire de desilusión de quien no ha logrado completamente lo que tenía pensado.

—Le agradezco por el apoyo que me dio hace un momento… Infortunadamente llegué demasiado tarde para salvar a algunos de mis protegidos.

Wallenberg sonrió brevemente antes de responder:

—Pero salvó a estos dos jóvenes. Y, ¿sabe quién era ese coronel alemán? No; realmente imagino que no. Ese era Eichmann. O, más precisamente, Adolf Otto Eichmann, *Obersturmbannführer* de las *Schutzstaffel*. Las SS reúnen a los exponentes más fanáticos de los nazistas alemanes. Él es el organizador de la solución final: el hombre que, en pocos meses, ha enviado a casi a todos los judíos húngaros al campo de Auschwitz y ahora quiere terminar la obra aquí en Budapest —dijo Wallenberg, dándole un golpecito en el hombro—. Estaba seguro de que le habría disparado. Y después me habría disparado también a mí. Yo pagué para que me entregaran un grupo de prisioneros. Usted obtuvo dos vidas a cambio de su coraje.

—Yo solo escuché mi conciencia. En todo caso, se trató de egoísmo: si no hubiera hecho nada hoy, el remordimiento me habría acompañado durante toda mi vida.

Wallenberg sonrió y juntos recorrieron una parte de la plataforma de carga, mientras las manos de Perlasca aún temblaban imperceptiblemente.

Regreso **en auto**

—DESDE ESE MALDITO 1 DE SEPTIEMBRE DE 1939, Europa no volvió a ser la misma —se lamentó el conductor, que después de lo que había sucedido sentía la necesidad de hablar un poco—. Desde que Hitler invadió Polonia, nada volvió a ser como antes. Y ahora, no quedará nada ni de Budapest ni de la misma Hungría.

Jorge no respondió: estaba concentrado observando las vías paralelas, a la búsqueda de posibles peligros que los pudieran estar esperando, mientras se disolvía el miedo que acababa de experimentar. Se giró para tranquilizar con una sonrisa a los dos gemelos, que estaban acurrucados en la silla posterior.

—Un tío de mi mujer, que vivía en Polonia en los días de la invasión alemana, vio desfilar tantos de esos camiones, cargados de soldados, y tanques de guerra y cañones jalados por *jeep*... En pocos días lograron ocupar toda Polonia occidental —continuó imperturbable el conductor, tomando una curva a mucha velocidad y empujando un cúmulo de nieve a un lado de la vía—. El ejército polaco no logró detenerlos porque, mientras tanto, estaban llegando también los aviones alemanes. Resistieron un mes, esperando la ayuda prometida de los franceses, que nunca llegó, y al final fueron obligados a rendirse. Los que intentaron rebelarse fueron asesinados de inmediato. El tío de mi mujer logró escaparse a Francia, pero por poco y no lo logra. ¿Quién habría podido imaginar una tragedia de tal magnitud?

—No se puede decir que la guerra llegue de forma totalmente inesperada. Antes de Polonia, Hitler ya había agredido casi a todos los Estados que confinaban con Alemania —intervino Perlasca.

—Sí, pero todos pensaban que era suficiente con complacerlo para impedir que explotara una nueva guerra. Sin embargo, la guerra explotó de todas formas, y desde ese momento solo ha empeorado. Y ahora estamos en este punto: los alemanes dominan en casi toda Europa y en marzo llegaron también aquí a Hungría. —Por fortuna, el conductor bajó la velocidad, para pasar por un tramo de la vía cubierto de hielo y nieve suelta.

—Ya había señales. —Perlasca empezó a contar con los dedos—. En pocos años, el ejército alemán se fortaleció en soldados y armamento, y en 1936 regresó a Renania, en la frontera con Francia, aun cuando los acuerdos de paz impedían que hubiese movimiento de tropas alemanas en esa zona. Luego, en 1938, Hitler se anexó a Austria, con ayuda de los nazis locales y el consenso de la Italia de Mussolini, y ninguna potencia europea protestó, realmente. No olvidemos que, inmediatamente después, ignorando los acuerdos de paz suscritos por él mismo, también ocupó la región de Sudetes y casi todo el resto de Checoslovaquia… y aun en este momento, los ingleses y los franceses solo se limitaron a amenazar con una intervención. Desde siempre, Hitler quería Polonia; nunca lo escondió.

—Tal vez, esto lo sabían quienes viajan por el mundo… —El auto atravesó un cruce desierto.

—Bastaba leer el *Mein Kampf*, ese librito que Hitler escribió en 1924, mientras estaba en la cárcel por el intento fallido de golpe de Estado. —Perlasca se giró hacia el conductor—: Según sus planes, la Europa del Este debía ser para Alemania una gran reserva, de la cual pudiera abastecerse de materias primas y mano de obra a bajo costo: el espacio vital para los nuevos dominadores del mundo, una tierra de la que los alemanes habrían tomado a sus esclavos. Entonces habría nacido una Gran Alemania, la unión de todos los territorios en los que se habla alemán, que habría dominado el mundo. Este era su sueño, y lo sabían hasta los soviéticos, que Hitler odiaba porque eran los enemigos comunistas. Invadir Polonia era el paso indispensable para reunir esos territorios alemanes, que habían sido separados de Alemania, y así se habría abierto una puerta para apoderarse de todas las materias primas, que...

—Bravo. Este es justamente el punto. Hitler necesita materias primas y laboratorios a bajo costo para sus fábricas. Necesita esclavos, bien dicho. Así es como los alemanes ven a los demás pueblos. Esclavos, eso es lo que somos todos nosotros para ellos: ¡simples esclavos! —continuó el conductor.

El diplomático trató de decir algo, pero el conductor aceleró tan fuertemente que le bloqueó las palabras.

—Y aquel, el tío de mi mujer, me escribió muy feliz cuando Francia le declaró la guerra a Alemania. Dijo que esta vez Hitler habría tenido que bajar la cabeza. Sin embargo, a pocos meses del inicio de la guerra, el ejército alemán entró a París, mientras los ingleses, que habían acudido como ayuda del aliado, fueron obligados a reembarcarse y regresar de prisa a Dover, con lo poco que quedaba del ejército francés.

Afortunadamente, el conductor bajó la velocidad acercándose a un cruce.

—Pocos meses y Francia prácticamente dejará de existir: dividida en mitad por los alemanes, con Hitler que comandaba desde Versalles. Y todas las ciudades inglesas bajo las bombas de la Luftwaffe. Esperemos que al menos ellos no se rindan. Y tampoco América. ¿Usted qué piensa?

No hubo tiempo suficiente para responder: el conductor ya había empezado de nuevo a hablar.

—Es una guerra espantosa para todos, pero la peor parte ha sido para ellos. —Siguió conduciendo con una mano, y con la otra señaló a los jovencitos sentados en la silla trasera—. En cada país conquistado, en cada ciudad, incluso en el campo. El ejército alemán reúne a todos los judíos y los manda a los campos de trabajo.

—Hitler, a cambio de las ayudas al gobierno húngaro, ha exigido obediencia y leyes contra los judíos —logró decir Perlasca, mirando fijamente el camino, que parecía ondearse—. Lo había dicho claramente: no hay lugar para judíos vivos en el mundo que él sueña, dominado por el nuevo reino, el Tercer Reich… aquí es mejor desacelerar, la vía parece resbalosa.

—Los alemanes dicen que perdieron la Gran Guerra porque fueron traicionados por los judíos, y que ellos son la culpa de todos sus males… —El conductor parecía no haber escuchado el consejo.

—Para Hitler, los judíos son una excusa a la mano para cada problema de Alemania. Para él son tan ricos como para querer una guerra, y tan pobres como para querer una revolución. —Perlasca pasó saliva viendo cómo la trompa del carro acariciaba peligrosamente la parte de atrás de una carroza tirada por una mula.

—Ahora todos saben que los repartos especiales de las SS, los soldados de confianza de Hitler, reúnen hombres, mujeres y niños en toda Hungría, para transportarlos en el vagón de las bestias hasta los campos de concentración. No importa si son banqueros u obreros, jóvenes o viejos: incluso los neonatos son declarados culpables y son eliminados por cualquier medio.

Perlasca recordó que en el asiento trasero, escuchando esas reflexiones tan densas, había dos niños, y se giró para tranquilizarlos.

—¿De dónde son? —preguntó con gentileza al que tenía un poco de vello sobre el labio superior.

—De aquí.

—¿Cómo hacemos para encontrar a sus padres?

Los gemelos permanecieron en silencio; después de un momento, respondió el otro:

—Ayer fueron capturados por los soldados.

La voz era diferente, más dulce. Solo entonces Jorge descubrió que no era un hombre, sino una mujer, de once o doce años.

—Mañana iremos a pedir información a la Cruz Roja. Mientras tanto, le pediré a la señora Tourné que se ocupe de ustedes y que les dé algo de comer. ¿Tienen hambre?

Los dos finalmente sonrieron y parecieron iluminarse.

Una **vaca en la ciudad**

A LA MAÑANA SIGUIENTE, PERLASCA miró por la ventana de su habitación: un destello de sol invernal iluminaba la hierba de un triste jardín. Una vaca solitaria, de espalda delgada, con los huesos marcados en el pelo pardo, rumiaba un delgado brote de hierba y cada tanto alzaba el hocico para observar la calle. Quién sabe cómo había llegado a la ciudad aquel pobre animal desubicado.

Sin darse cuenta de ello, a Perlasca se le escapó una sonrisa y empezó a pensar en lo que le había sucedido.

Perlasca nunca había visto tantas vacas y terneros como cuando llegó a Hungría, dos años atrás, en 1942: prados enteros cubiertos de dorsos peludos de grandes rebaños con el hocico en la tierra, siempre pendientes de arrancar y rumiar; animales con muy buena carne, no se parecían en nada a aquella vieja bestia huesuda.

Justamente ese había sido el motivo por el que la SAIB de Roma, la empresa para la que él trabajaba, lo había enviado desde Trieste, donde vivía con su esposa Nerina, a Hungría: en aquel país aliado podía comprar carne.

Ser agente de una empresa que importa ganado no está para nada mal: se trataba de viajar por ciudades y campos (Zagreb, Belgrado, Soprón...) cada vez más lejos, hablar lo necesario con los ganaderos, tomar algo juntos, comprar ganado y enviarlo a su patria en los trenes; allí los animales se convertirían en filetes y comida enlatada, incluso para aquellos italianos que eran enviados por toda Europa como soldados.

Después de haber combatido en África y como voluntario en la guerra de España, la época de las batallas para él había terminado, y así estaba bien, porque cada vez le era más difícil creer que quien comandaba tuviera siempre la razón. Había regresado a Italia y había buscado trabajo, hasta que descubrió que el comercio de la carne le gustaba y era fácil para él: el pago estaba garantizado, podía visitar ciudades lejanas y conocer gente que nunca habría encontrado de otra forma. Y en Hungría, en 1942, cuando llegó por primera vez, todavía se podía vivir muy bien, en relación con el resto de Europa: los negocios tenían los estantes llenos de cosas que comprar y las pastelerías estaban iluminadas y bien surtidas de *rétes,* de *mákos guba* hechos con semillas de amapola y de *bejgli* rellenos de nueces.

Recordaba perfectamente la noche del 8 de septiembre de 1943, cuando Italia había firmado un armisticio con los ingleses y los americanos, decidida a salir de la guerra, después de que en julio se habían vivido días de mucha confusión política, con el arresto de Mussolini ordenado por el rey. Perlasca, esa noche, estaba cenando en el restaurante del albergue donde se quedaba. Era uno de tantos respetables agentes de comercio que residían en la ciudad, cuando un camarero que lo conocía, llevándole un café, comentó sonriente:

—Qué afortunados son los italianos, señor Perlasca: para ustedes, hoy termina la guerra.

Observó al camarero, sin entender, con la taza ya elevada rumbo a su boca.

—En la radio anunciaron que Italia ya había firmado un armisticio: la guerra terminó para ustedes —repitió el camarero.

Otro italiano, sentado en la mesa del lado, propuso un brindis levantando su copa de *Tokaji*:

— ¡Entonces, levantemos los cálices, festejemos!

Pero a Perlasca todo le parecía demasiado bello para ser cierto.

—¿Y qué dijeron los alemanes cuando supieron que Italia había firmado la paz con los que eran sus enemigos? —le preguntó al camarero, sabiendo bien que los viejos aliados de los italianos no habrían aceptado una solución como esa. El hombre se giró alzando los hombros y se alejó para atender dos mesas más allá.

—La guerra contra ingleses y americanos terminó, pero ahora empezará la guerra contra los alemanes —dijo Perlasca, mirando al vecino que brindaba de pie—. Créame: hay poco qué festejar.

En los días siguientes, de hecho, Hitler había organizado un *blitz* aéreo para liberar a Mussolini y en el norte de Italia había nacido un nuevo estado fascista: la República de Saló, aliada de Alemania. Italia, al final de ese septiembre de 1943, estaba dividida en dos: en el sur, la Italia del rey, que buscaba la paz con los Aliados, y al norte, la fascista República de Saló, con Mussolini al mando y completamente a las órdenes de Hitler.

Hace mucho tiempo, Perlasca había descartado la idea de ir a combatir para los alemanes. Tenía demasiados amigos judíos en Padua, en Fiume y en Trieste como para compartir las leyes raciales emanadas por Mussolini, líder del Gobierno italiano, y a quien, además, había perdido toda estima cuando Italia se había aliado con la Alemania de Hitler. Europa no tenía ninguna necesidad de otra guerra. Por lo tanto, había decidido permanecer fiel al rey y no reconocer el nuevo Estado fascista de la República Social de Saló: por tal motivo había sido recluido en la comisaría de Körmend.

Cuando el regente de Hungría, en octubre de 1944, había intentado negociar una paz separada con los soviéticos, el ejército alemán había ocupado Budapest y había constituido un nuevo gobierno filonazista, guiado por Szálasi, líder del partido de la Cruz Flechada. En ese punto, Perlasca, tras considerar el peligro de ser deportado a Alemania, había escapado de la comisaría y había regresado a Budapest.

La Embajada de España

Desde ese momento, Perlasca había estado obligado a esconderse, a dormir cada noche en un lugar diferente para no ser capturado por las SS ni por los soldados, que habían iniciado una cacería de todos los italianos fieles al rey, como traidores. Por todas partes, se encontraban muertos abandonados por las calles de Budapest y se rumoreaba sin parar de arrestos y desapariciones. Quedarse en esa ciudad significaba arriesgarse a ser arrestado o incluso asesinado, pero para Perlasca, era claro que nunca habría podido huir y regresar a Italia con sus propias fuerzas, dado que las SS controlaban también la embajada italiana.

Cuando finalmente agotó todos los escondites posibles y no quedó nadie que pudiera ayudarlo, recordó haber recibido una carta firmada por el general Franco por su participación en la guerra en España: tal vez había llegado el momento de corroborar si aquella vieja promesa, escrita en un pedazo de papel arrugado, todavía era válida.

Había conservado la carta, una única hoja, entre las últimas cosas que había logrado llevar consigo, pasando de un escondite a otro. En aquellas pocas líneas de agradecimiento, el gobierno franquista le prometía ayuda en cualquier parte del mundo en la que se encontrara, y justamente este era el momento de pedir ayuda.

Con la carta en el bolsillo, Perlasca se aventuró por las calles caminando a lo largo de los muros, prestando atención para evitar a los soldados armados que patrullaban las calles, y a los golpes de fusil que llegaban desde las ventanas, decidido a llegar hasta la Embajada de España vivo y libre. Avanzaba con miedo, mirando siempre hacia atrás, entre las casas que tenían agujeros de proyectil en sus muros, o sus fachadas destruidas por explosiones; tuvo que cambiar de ruta con frecuencia, cada vez que veía a alguien revisando los documentos de los transeúntes.

Se escuchaban disparos, gritos a la distancia; al final de una estrecha vía se vio obligado a pasar por encima del cuerpo de una mujer, inmerso en un charco de sangre.

La Embajada de España era un bello palacio antiguo, que exponía una gran bandera roja y amarilla, con un portero uniformado que controlaba quién entraba.

—¿Adónde cree que va? —Lo detuvo bruscamente.

—Debo ver al primer secretario de la delegación española, el señor Sanz Briz, urgentemente.

—No puede entrar: el embajador no recibe a nadie el día de hoy.

—El embajador me conoce personalmente; déjeme pasar.

El hombre no tenía ninguna intención de ceder, y Perlasca fue obligado a empujar la puerta para entrar en el palacio. El portero trató de agarrarlo, pero él ya había empezado a subir las escaleras, donde se encontró con una señora que llevaba en sus brazos una carpeta llena de documentos.

—Permiso, señora…

—¿Adónde se dirige?

—Debo entregarle una carta al embajador, es urgente.

—Cualquier documento debe dármelo a mí: soy su asistente, yo se lo haré llegar al embajador lo más pronto posible —explicó la señora, con un elegante acento francés, luego de haber descargado sobre un escritorio los archivos que llevaba.

Perlasca aprovechó el espacio que se había generado con aquel movimiento para escabullirse y subir los últimos escalones que le faltaban. Abrió la puerta de una oficina, para ver si allí se encontraba el embajador, después otra, y siguió hablando sin mirarla.

—Es un documento importantísimo, debo entregarlo personalmente al embajador, —dijo, mientras continuaba—. Un documento del Gobierno de España, firmado y timbrado... debo mostrárselo al señor Sanz Briz hoy mismo, de inmediato.

—¡Si no sale de inmediato, tendré que llamar a los guardias y hacerlo arrestar! ¡Usted se está comportando como un maleducado! —La señora trataba de detenerlo, pero era imposible interceptar sus movimientos veloces por los corredores.

Perlasca se giró de repente y la miró directamente a los ojos.

—¡Señora! ¿Afuera matan a la gente sin motivo, y usted me habla de educación?

En ese momento, un hombre salió de una habitación, con una mirada de fastidio.

—Señora Tourné, ¿se puede saber a qué se debe todo este ruido? ¿Y usted quién es?

—Señor embajador —intervino la mujer—, tratamos de detenerlo, pero este hombre dice que tiene un documento importantísimo y que debe mostrárselo personalmente.

—Soy Giorgio Perlasca; ya nos habíamos encontrado, señor Sanz Briz... ¿me recuerda? Ya había hecho la solicitud de un pasaporte al Gobierno español, para poder llegar a Italia meridional, en la zona liberada, hace algún tiempo, pero su intervención no tuvo éxito y todavía estoy atrapado en Hungría.

El embajador hizo un gesto con la mano, como si tratara de recuperar un recuerdo preciso, y escrutó mejor al recién llegado.

—Soy un italiano que combatió por España, y su gobierno me dio esta carta, en la que dice que en cualquier parte del mundo en la que esté, si llegara a necesitar ayuda, España me ayudará. Véalo usted mismo..., está escrito aquí. Y abajo están los timbres y la firma de pulso de Francisco Franco.

El embajador tomó con circunspección el papel, lo leyó y lo releyó prestando especial atención a corroborar la firma del jefe de Estado español y los timbres. Cuando estuvo satisfecho, volvió a levantar la mirada.

—Claro que me acuerdo de usted. De parte de la agradecida España, recibirá toda la ayuda que podamos brindarle —se dirigió el embajador a Perlasca y a su asistente—. Síganme a la oficina.

Sanz Briz se encaminó por un breve corredor, poco iluminado, donde esperaban un viejo con dos mujeres y un niño pequeño, que a su paso se recogieron en una esquina. El embajador se sentó detrás de un amplio escritorio.

—Estamos en un momento muy difícil, con los alemanes en Budapest y el ejército húngaro desarticulado... dígame, señor Perlasca, ¿en qué le podemos ayudar?

—Quisiera un pasaporte español, que demuestre que tengo la ciudadanía española, de tal manera que ni los soldados alemanes ni la Policía húngara me puedan arrestar. Quiero dejar Hungría, llegar a España o Suiza, y desde allí volver a Italia, de inmediato.

El embajador, sorprendido, estudió con atención el rostro del italiano.

—Usted comprenderá que, sin una autorización oficial de mi gobierno, yo no puedo declararlo ciudadano español. Haría falta algo más: no se puede convertir en español de un momento a otro, a pesar de la ayuda que promete la carta.

—¡Pero yo lo necesito! Si me encuentran, me arrestan —dijo Perlasca agitándole la carta frente a la cara—. Aquí, los alemanes y la Policía húngara me consideran un traidor y me incluyeron en una lista de buscados: estoy fichado como sospechoso político.

—Sí, lo entiendo; pero es necesario seguir los procedimientos. Todos los días, cientos de personas hacen fila frente a nuestra puerta para recibir una carta de protección del Gobierno español. Es bastante irregular lo que usted me propone: ya con el permiso de España, le estaríamos haciendo un gran favor, y solo en virtud de la carta que usted recibió por haber combatido por mi país.

El embajador, seguro de haberlo convencido, se acomodó lo mejor que pudo en la silla de espaldar alto y tomó un esfero.

—Mientras tanto, podría darle un documento que diga que usted está bajo la protección de la embajada española. Tenemos casi trescientas personas que viven protegidas en las casas de la embajada. —Sanz Briz extrajo una hoja membretada con caracteres decorativos—. Con esta carta usted podrá moverse por Budapest, y cuando llegue el pasaporte veremos si es posible ayudarlo a partir; seguramente, a Suiza. Por ahora, Italia está totalmente fuera de nuestro alcance.

—Señor embajador —Perlasca le puso una mano sobre el brazo con el que había empuñado el esfero—, usted me habla de procedimientos: viniendo para acá encontré cadáveres abandonados por las calles, y en los cuarteles de la Cruz Flechada se torturan y asesinan mujeres y niños sin ningún motivo. Los que son arrestados hoy, no saben cómo saldrán de prisión y, sobre todo, si saldrán algún día. No me puedo quedar aquí. Para los alemanes soy un italiano traidor: o me matan o me envían a los campos de concentración. Tal vez usted no ha comprendido exactamente mi situación.

Sanz Briz no dijo ni una palabra y extrajo un formulario membretado de uno de los cajones.

—Señora Tourné, prepare el pasaporte español para el señor Perlasca Giorgio… digo, Jorge.

Mientras la señora salía con el formulario diligenciado en la mano, Sanz Briz preparó una carta y se la entregó a Perlasca.

—Aquí dice que le ha sido concedida la nacionalidad española porque usted la solicitó desde hace dos años, el tiempo necesario para hacer todos los procedimientos del caso. No pierda la carta, téngala siempre junto al pasaporte, porque hará que todo sea más creíble. No todos los soldados son estúpidos, ¿me entendió?

El embajador se levantó y lo acompañó a la puerta de la oficina.

—Espere aquí, por favor; mi asistente le entregará el pasaporte nuevo en un cuarto de hora. Tenga un buen viaje. Necesitará toda la buena suerte que le está destinada para irse de aquí.

La casa de Moshe

HUNDIDO EN UNA DE LAS SILLAS de cuero rojo de la embajada, Perlasca se sintió repentinamente agotado, pero feliz. Tendría la posibilidad de llegar a Suiza y, tal vez, podría volver a ver a su esposa; sin duda sería un viaje largo y peligroso, pero dentro de algunos minutos la puerta de una oficina se abriría y tendría entre sus manos un pasaporte español auténtico, que lo convertiría en Jorge Perlasca. Tenía que empezar a acostumbrarse a su nuevo nombre; la lengua no sería un problema: la había aprendido bien mientras estaba en España por la guerra, incluso con un ligero acento castellano, y cualquier persona en Hungría lo habría pasado por un auténtico español.

Mientras Perlasca se relajaba pensando en todo esto, el rostro del niño que había visto hacía un momento le hizo un saludo desde la puerta; Perlasca le sonrió, pero luego desapareció: volvió a entrar en el corredor dejando ver solo un mechón de cabello oscuro y una bufanda colorada.

Después de unos pocos minutos, reaparecieron los ojos y la nariz; no se podía saber si estaba sonriendo, porque la boca estaba completamente escondida por el marco oscuro de madera, pero un cierto brillo en su mirada permitía suponerlo.

—*Hola* —dijo sonriendo—. Soy *Jorge* Perlasca, un español nacido en España. Soy español desde hace tantas generaciones de españoles que ni siquiera podría contarlas. Ni siquiera en español. ¿Y tú?

El rostro desapareció de nuevo, para reaparecer unos pocos segundos después.

—¿Tú también eres español? ¿Hablas español?

En esta oportunidad, el niño apareció meciéndose en el marco de la puerta, las manos en los bolsillos y un pie adelante, y sonrió mostrando todos los dientes. Escondió el mentón dentro de la bufanda y no dijo nada.

—Es una bufanda hermosa. ¿Esos de allí son los renos de Papá Noel? Amarillos y azules. Ah, ¿cómo se dice "reno" en húngaro?...

Perlasca se tomó el mentón con una mano, imitando a un gran pensador.

—Me llamo Moshe. —El niño dio un paso adelante, aún desconfiado.

—Ah, entonces eres *el señor* Moshe.

—No soy español: soy húngaro. Moshe, sin... —Y aquí el niño agregó un sonido extraño pretendiendo imitar la palabra *señor.*

—Ah; Moshe, el húngaro. ¿Y qué haces aquí? Veo que ya tienes la bufanda en el cuello. ¿También estás de salida? —preguntó Perlasca sonriendo y en su húngaro impreciso.

El niño se le acercó y le habló en voz baja.

—Mi mamá, mi tía, mi abuelo y yo, todos nosotros, vamos a un edificio a esperar a que mi padre regrese de la guerra. Y esta es mi bufanda de la suerte: con ella encuentro siempre el camino de regreso a casa.

Perlasca le sonrió al niño una vez más, mientras buscaba en su bolsillo algo para regalarle, pero no encontró nada interesante.

—Mi padre partió para combatir contra los rusos, pero ahora no sé dónde está. Mi madre dice que lo llevaron a Alemania a ayudar a los alemanes, pero a él nunca le han agradado los alemanes. Por eso creo que volverá a casa pronto. Él nunca se queda en un lugar que no le gusta.

—Ah, ¿y el edificio al que van es más bonito que su casa? —Perlasca trató de desviar la conversación sobre Alemania, porque sabía bien que ser deportado allí significaba no regresar jamás.

Moshe lo miró un poco; después, como si tuviera que defender su casa, retomó:

—Mi casa era bellísima, pero fue destruida por una bomba que tumbó un pedazo de muro de seguridad; se derrumbó justo sobre el jardín donde mi mamá había plantado los bulbos, que luego en primavera se convierten en flores amarillas y rojas.

—Ah, ¡los colores de la bandera de España! —Perlasca sonrió señalando un escudo que había en la pared; también Moshe se rio, sin motivo.

—Hace unos días, a mi casa llegaron unas personas que dividieron las habitaciones y se apoderaron de ellas. Cerraron una parte del corredor, y ya no podíamos entrar. Dijeron que iban a construir un muro de ladrillo. También se tomaron el estudio de papá, la sala, la habitación de mi hermana que se fue, y cuando regrese, se enojará muchísimo. Imagínate que ella ni siquiera me dejaba entrar a mí a su habitación, donde tenía sus libros, las fotos y los perfumes que venían de Francia… y ahora, cuando regrese, y vea que hay una señora que duerme en su habitación, gente que nunca antes había visto, estoy seguro de que empezará a gritar.

—Yo también creo que tu hermana se enojará mucho.

—Y, entonces —Moshe bajó la voz y acercó la boca a la oreja de Perlasca—, todos los días llega la Policía, porque están buscando a unos bandidos y creen que somos nosotros.

Se alejó de nuevo, estudiando la mirada de quien lo acababa de escuchar, para verificar si se merecía la confianza suficiente para seguir hablando.

—Pero no somos nosotros. Mi madre les ha explicado que mi padre es un oficial, que ha recibido medallas. Imagínate que una vez se querían llevar lejos a la tía y al abuelo, querían llevarlos al gueto, así, sin motivos.

—¡Moshe! —se escuchó la voz de una mujer que lo llamó desde el corredor.

—La Policía se está equivocando de casa al venir con nosotros, estoy seguro —continuó el niño—. Aunque mi mamá ya les dijo que se están equivocando, igual siguen regresando, miran todo, mueven los muebles y abren los cajones. Yo me meto debajo de la mesa cuando entran, pero ellos siempre me hacen salir de ahí y me miran bien la cara. Yo creo que algo no está bien, porque antes los policías eran diferentes: siempre saludaban a mi papá cuando íbamos al mercado.

Moshe lanzó una mirada cauta hacia el corredor.

—¡Ya voy, tía!

Después volvió a mirar a Perlasca y agregó con un susurro:

—Desde que *los otros* nos robaron las habitaciones, ya no van más. Una vez los vi reírse, asomados a la ventana, cuando tres policías entraban en nuestra casa. Se ríen porque ellos también quieren sus cuartos, la cocina, la habitación y todo el resto. Pero mi mamá dijo que cuando regrese mi papá, los vamos a echar a todos, porque esa es nuestra casa y antes era la casa del abuelo.

—Moshe, no molestes al señor y regresa aquí.

La tía apareció por un momento en la puerta, el tiempo justo para disculparse con el desconocido haciendo un gesto, y para llamar a Moshe. El niño la saludó justo en el momento en el que se abría una puerta y aparecía la señora Tourné con un pasaporte nuevo, recién impreso en sus manos.

—Aquí está, señor Jorge Perlasca, el pasaporte con la ciudadanía española que usted solicitó hace dos años. —Lo miró para asegurarse de que hubiera entendido todos los subtextos de la situación—. Siempre debe llevar consigo la carta, y recuerde que siempre debe decir que pasaron dos años.

—Lo sé: ya me lo explicó todo el señor embajador Sanz Briz —la interrumpió Perlasca—. Quisiera disculparme con usted por la forma como entré, señora Tourné. Como puede ver, yo no acostumbro a comportarme así, pero debe entender la urgencia del momento y los peligros que corrí por venir hasta aquí…

—No se moleste con las disculpas —esta vez fue ella quien lo interrumpió, pero se notaba que no se le había pasado la rabia, y que no tenía ninguna intención de disculparlo—. Ahora estoy muy ocupada: debo encargarme de las personas que esperan en el corredor incluso desde antes de que usted llegara.

Perlasca se movió para dejarla pasar

—¿Quiénes son? —preguntó Perlasca—. Acabo de hacer amistad con Moshe.

—Una familia judía que ha pedido ser acogida en una de nuestras casas protegidas, en la que esperan encontrar un refugio seguro. Los soldados no lo buscan solo a usted en Budapest. ¿Lo sabía, señor Perlasca? Están cazando a todos los judíos, sin importar si son niños como Moshe o viejos como su abuelo, que a duras penas puede caminar, a causa del reumatismo.

Perlasca la dejó pasar, pero antes de que saliera de la habitación, le preguntó:

—¿Pero Moshe y su familia estarán seguros en la casa protegida?

La señora le lanzó una mirada incierta y luego se fue por el corredor hacia la familia que ya estaba reuniendo bolsas y maletas.

La elección

Perlasca, que había entrado en el edificio de la embajada española como Giorgio, salió de él como Jorge, y se dirigió a la central de policía a paso veloz, para exhibir su nuevo pasaporte a la oficina de extranjeros, registrarse como español y pedir que retiraran la orden de arresto. Necesitaba que su nombre fuera sacado de la lista de buscados: de lo contario, podía caer en cualquier redada de la Policía y terminar en un campo de prisioneros en Alemania.

Sus documentos fueron revisados una y otra vez, lo hicieron esperar, le hicieron un montón de preguntas, pero al final estuvieron obligados a dejarlo ir: todo estaba en orden. Así, también para la Policía húngara había dejado de existir Giorgio Perlasca, un italiano desertor y perseguido, y quien quedaba era el confiable Jorge Perlasca, español, ciudadano de un país amigo, para nada beligerante, sin ninguna necesidad de combatir y, por lo tanto, sin ningún riesgo de ser reclutado a la fuerza como aliado de los alemanes.

Salió del edificio de la Policía mucho más tranquilo y casi contento. Pero algo dentro de él empezó a agitarse, mientras recorría con calma las calles de la ciudad: una fuerza extraña lo empujaba de nuevo hacia el palacio con la bandera española, y hacia Sanz Briz.

Cambió de dirección, se detuvo en un cruce, pronunció algunas palabras en voz alta para sí, se prendió un cigarro. Sentía que estaba frente a una elección importante: cualquier decisión que hubiera tomado habría modificado para siempre su vida desde ese momento en adelante, y la imagen que habría tenido de sí mismo. Al final de su deambular sin rumbo por las calles de Budapest, Perlasca tocó de nuevo a la puerta de la embajada española.

Cuando abrió, el portero lo observó preocupado y perplejo.

—¿Olvidó algo? —le preguntó, sin decidirse a dejarlo entrar.

—No: solo debo ver al embajador —lo tranquilizó Perlasca metiéndose entre él y la puerta.

—Pero, ¿acaso ya no lo vio? Además, ya está oscureciendo, y dentro de poco el embajador irá a cenar...

Todo fue inútil: nadie podía detenerlo, y menos ahora que sabía dónde quedaban las oficinas, qué puertas abrir, qué corredores cruzar. Perlasca tenía una idea en mente, bien clara, y habría sido muy difícil convencerlo de cambiarla.

El portero hizo un sutil intento de detenerlo, y después lo dejó entrar porque, además, parecía que él y el señor Sanz Briz realmente se conocían.

Atravesó el pequeño corredor mal iluminado, donde había visto a Moshe y su familia; ya no estaban. Tocó en la oficina del embajador. Vino a abrir la puerta la señora Tourné, con algunas carpetas de cartón, desbordadas de papeles y una mirada de sorpresa.

—No se preocupe, todo está bien. —Perlasca le sonrió y entró en la oficina dirigiéndose hacia el gran escritorio tras el que aún estaba sentado el embajador; su modo de sonreír era de esos que no se pueden olvidar, después de haberlos visto una vez.

—Buenas noches. Realmente lamento molestarlo a estas horas: veo que todavía está trabajando y ya es hora de la cena. —Perlasca se quitó el sombrero y permaneció de pie, frente a él, apenas fuera del círculo de luz que proyectaba la lámpara de mesa.

—Estoy aquí solo para ofrecerle mi ayuda.

—No entiendo. —Sanz Briz bajó el papel que tenía frente a los ojos—. ¿Usted no quería partir de inmediato?

—Sí, pero se necesitarán algunos días para organizar todo. Y ahora que soy protegido del Gobierno español, no hay tanta prisa. Quisiera pagar mi deuda con usted..., con ustedes. —Perlasca se giró hacia la mujer, que esperaba de pie, junto a la puerta semiabierta. Yo también puedo ayudar con las casas protegidas, en las que dan refugio a los judíos. Ahora yo me puedo mover libremente, o casi, por las calles, sin correr el riesgo de ser arrestado: podría serles útil.

El embajador lo miró durante un largo periodo; después lanzó una rápida mirada a su asistente, que esperaba en silencio.

—Podría empezar por ocuparme de Moshe, el jovencito que estaba esta tarde aquí con su familia, y que ya conozco un poco. Seguiré sus órdenes, sin hacer lo que yo quiera, y sin meterlos en problemas.

Perlasca trató de sonreír a los dos al mismo tiempo, moviendo la cabeza.

—Solo haciendo esto, *ya* se mete en problemas —le advirtió la voz de la mujer a sus espaldas, aún enojada por el comportamiento de Perlasca en la tarde.

—No niego que un poco de ayuda nos caería bien, señor Perlasca —dijo el embajador—. Con tantas casas protegidas que cuidar, con los soldados que continuamente entran y roban a nuestros huéspedes o, peor, los llevan quién sabe adónde. —El embajador reflexionaba en voz alta mirando los esferos sobre el escritorio, pero parecía que ya estaba convencido—. Usted podría ayudarnos mucho, aunque sea por pocos días. La señora Tourné y su hijo son israelitas franceses; por eso no pueden moverse libremente por la ciudad, ni a todas las horas: tienen horarios precisos para regresar a casa... ¿sabe? Para los judíos hay un toque de queda en Budapest.

—Pero, el abogado Farkas ya nos ayuda con esto —precisó la mujer.

—Señora Tourné, él también es judío: no puede considerarse libre para moverse por la ciudad, como sí podría hacerlo el señor Perlasca. Zoltàn Farkas es conocido por demasiadas personas; los soldados saben quién es y podría tener problemas si las cosas empeoraran. Después de todo, con la invasión de las tropas alemanas, no será fácil llegar hasta Suiza. Es mejor tener unos días para organizar el viaje hasta en los más mínimos detalles, y en las mejores condiciones posibles.

El hombre se levantó y se acercó a Perlasca.

—Cenemos juntos y hablamos un poco de este proyecto loco que usted tiene de convertirse en mi asistente —dijo el embajador mientras reía—. Se volvió ciudadano español desde hace pocas horas y ya quiere ser parte de la diplomacia de España... una carrera muy veloz, señor *Jorge*. No hay nada más que decir. Usted es un hombre que no se detiene ante nada.

El embajador lo tomó del brazo y juntos atravesaron el corredor, donde esperaba el hijo de la señora Tourné sosteniendo el abrigo y el sombrero del diplomático español.

—Para que todo esto funcione, bueno, tendré que presentarle oficialmente al resto de personas que trabajan aquí y explicarle cómo trabajamos en esta situación particular. Mañana por la mañana podremos organizar una visita a las casas protegidas, y así se dará cuenta en persona, y en la tarde tendrá una carta diplomática en la que se demuestre que usted trabaja con nosotros. Recibirá un salario reducido, pero tendrá una verdadera carta de contratación. Ahora sí, podemos disfrutar de la cena, y dejemos para mañana los temas laborales.

Perlasca, sonriendo, retomó los últimos detalles.

—Sobre el salario, no es necesario: todavía tengo algunos ahorros y puedo sostenerme por mí mismo, y no ser una carga para los demás. Eso sí, acepto la cena muy agradecido: ha sido un día muy agitado y no tuve tiempo de almorzar.

Mientras se dirigían a la salida, Perlasca vio la bufanda con los renos amarillos y azules junto a la silla. La recogió y la guardó en el bolsillo. En caso de que volviera a encontrarse con Moshe, esta vez tendría algo para darle.

Palacio **de la plaza de San Esteban**

Desde que Sanz Briz le había hecho el encargo, Perlasca había tratado de transformar el sistema de protección de judíos de una forma casi militar; porque solo una impecable organización y un continuo control personal podían garantizar la seguridad de sus ocupantes. Perlasca visitaba todas las casas protegidas, incluso dos veces al día, cuando era posible, y una estrecha red de información lo mantenía siempre al tanto de todo lo que pasaba.

Todas las personas que se refugiaban en esas casas hacían parte de las listas oficiales, y por lo tanto a todos ellos les habían dado una carta de protección. Era la única forma de mantenerse a salvo de los asaltos de la Cruz Flechada y de los arrestos de la Policía. Día tras día, lentamente, los protegidos aumentaban en número; tanto, que ya había sido necesario encontrar nuevos edificios para hospedar a los recién llegados.

Esa mañana, Perlasca salió de la sede de la embajada, en la calle Eötvös, para hacer el cotidiano recorrido por las casas protegidas por el Gobierno español. A pesar de los pensamientos que lo angustiaban, su miraba lograba descubrir nuevos rincones encantadores escondidos en las calles de Budapest, donde se podía soñar que la guerra no existía: desde la ventana del Buick, admiró la fila de elegantes edificios, que parecían controlar todo desde lo alto de sus ventanas con una mirada imperial (la de los Habsburgo), un recuerdo no muy lejano del Imperio austrohúngaro; las torres de estilo moro de la Gran Sinagoga continuaban extendiendo su sombra sobre las casas subyacentes, como hacía tiempo, pero los espíritus de los grandes húngaros, cuyas estatuas adornaban las columnas de la Plaza de los Héroes, no habrían reconocido su patria en aquella Hungría. El carro bajó la velocidad casi al paso de un hombre, y Perlasca admiró el Puente de las Cadenas, mientras bajo sus arcos transcurría el Danubio con toda su majestuosidad, imparable, con la misma determinación que tenían los que luchaban por la libertad y cada día eran empujados a la profundidad de un infierno sin retorno.

¡Qué bellas e inocentes parecían las calles que se abrían a diestra y siniestra! Jorge observó las aperturas moriscas sobre la fachada de un edificio y pensó que no era justo que una ciudad así de bella tuviera que sufrir tanto, que los ciudadanos de Budapest tuvieran que afrontar una pesadilla de este tipo. Budapest se había convertido en una gran trampa para muchos de sus habitantes, atrapados entre los ocupantes nazis y los soviéticos que llegaban por el este; parecía que no había ninguna vía de escape para los judíos, solo les quedaba buscar refugio en las pocas casas protegidas, administradas por naciones neutrales. Jorge se pasó una mano entre el cabello rubio; había tanto qué hacer que no podía perder ni siquiera un minuto, aunque las ganas de actuar que sentía en las manos y en los ojos se estrellaban contra una multitud de dudas.

El Buick con los banderines colorados llegó a la casa protegida, que estaba a reventar, y donde ni los alemanes ni la Cruz Flechada habrían podido entrar. Mientras el conductor y el viceembajador bajaban del auto transportando los paquetes de víveres, los responsables de la casa ya se habían agrupado en la puerta: el rumor de que Perlasca había llegado se difundió como un rayo, y muchos de los huéspedes empezaron a reunirse para saludarlo y para enterarse de las últimas noticias.

—¡Es muy alto! —exclamó una mujer que lo veía por primera vez, mientras bajaba al último escalón—, ¡y qué ojos tan azules!

—Se llama Per Lasca —precisó el hombre que estaba a su lado, pronunciando el apellido en húngaro.

Era más alto que los hombres que lo habían rodeado y sobresalía entre todos por su forma de moverse y de gesticular; la nariz recta y severa dominada por una frente espaciosa, la mirada afilada y la expresión abierta hacían que para la gente fuera natural escucharlo.

Helga, una de las tantas jóvenes que se encontraban en la casa, se había organizado las largas trenzas y había bajado tan pronto como escuchó la voz de Jorge. A toda prisa, antes de que su madre la obligara a quedarse allí para cuidar la comida (una sopa aguada que hervía dentro de una vieja lata), había bajado las escaleras saltando de a tres escalones a la vez, porque nunca había visto un hombre así, bello como un actor de cine. Quería llegar abajo primero que sus amigas, sobre todo de Eva, con la esperanza de ser notada.

Mientras el conductor entregaba los paquetes con los víveres, Perlasca depositó con muchísima atención la envoltura de papel con las yemas de huevos deshidratados en las manos del representante anciano. Ese polvo era más precioso que el oro, para quien estaba obligado a quedarse allí dentro, a nutrirse de sopas aguadas de fríjoles o de guisantes.

El viejo, con los dedos temblorosos, cogió los pequeños sacos y los puso en un lugar seguro, para la distribución.

Alguno preguntó en voz alta lo que muchos querían saber:

—¿A qué parte llegaron los rusos? ¿Es verdad que es cuestión de pocos días y liberarán Budapest?

En el silencio absoluto, el viceembajador sacudió la cabeza antes de responder.

—Los rusos aún no han entrado en la ciudad: se quedaron afuera. En este momento están combatiendo en otras zonas. Hay rumores sobre enfrentamientos cerca del lago Balaton. Hacen sonar la música de los "Órganos de Stalin", los lanzacohetes. Preparan el terreno para avanzar quitándoles las provisiones de petróleo a los alemanes. Es muy difícil saber cuándo llegarán. Pero lo que sí es seguro es que los alemanes se irán pronto.

Un hombre bajo y robusto de la casa protegida de Kàroly, que estaba allí de paso, se llenó de valor y se quitó la pipa de la boca.

—Señor Lasca, ¿tiene noticias de mi mujer? Esperaba encontrarla aquí, pero nadie sabe nada. ¿Alguien la ha visto? Tal vez, en una casa protegida de otra nación... tal vez, de Suiza o del Vaticano...

El viceembajador bajó la cabeza, como si lo estuviera aplastando un gran peso, antes de responder.

—Lo siento; no tengo ninguna noticia. En estos días no hemos podido comunicarnos mucho con las delegaciones de los otros Estados: el teléfono no funciona siempre. Ya verás que la encontraremos: seguramente se habrá escondido con amigos, en algún sótano... Por ahora, lo importante es que te ocupes de tu hija. Kinga, ¿cierto? Quédate tranquilo en nuestra casa protegida, hasta que ella regrese. No salgas a caminar por la ciudad: no es necesario, ni siquiera durante los horarios permitidos.

El hombre volvió a poner la pipa en su boca y se quedó apoyado contra la pared, pensando en su mujer. Siempre había sido una mujer que no cedía fácilmente, y él habría podido hacer muy poco para hacerla cambiar de opinión; había decidido salir a buscar a su hermana y nadie habría podido detenerla: no era posible doblegar con palabras una voluntad tan fuerte como aquella, especialmente si se trataba de su familia. Para ella nada tenía más importancia que las personas que quería, y sabía cuidarlos a todos con el mismo amor.

Convencida de correr menos riesgos, antes de salir de la casa protegida había descocido las estrellas amarillas de algodón que por ley todos los judíos debían portar a la vista en las solapas de sus abrigos. Probablemente no había funcionado; es más, quizá fue justamente ese gesto el que la había metido en problemas. Habría tenido que estar fuera máximo un par de horas, asegurarse de que la hermana estuviera bien y regresar, pero nunca regresó.

—¿Cuánto tiempo más tendremos que estar aquí encerrados? —gritó una mujer, con la voz peligrosamente al límite del llanto.

—Amigos míos, aquí adentro sufren el hambre, sed, frío. Duermen uno al lado del otro, sin un verdadero baño para bañarse y frecuentemente solo con un balde para sus necesidades... pero afuera solo hay muerte —dijo Jorge; mientras terminaba de hablar, lanzó una mirada al padre de Kinga, que, en una esquina, se organizaba la chaqueta rellena de hojas de periódicos para el frío.

—Si no debemos salir, ¿entonces cuándo podré encontrarme con mi hijo que está en la casa protegida por Suiza? ¡Él me espera! —exclamó una mujer con una pañoleta de flores puesta alrededor de su cabeza—. Allí están bien. Los que compraron una carta de protección a los suizos están a salvo.

—Señora, las casas protegidas por otras naciones —Jorge buscaba las palabras más adecuadas, mientras a su alrededor crecía el rumor— no son tan seguras como las españolas. La Cruz Flechada ya ha entrado varias veces y ha tomado a algunos de los... huéspedes, para llevarlos al gueto. Los que compraron cartas de protección solo botaron su dinero: en el primer control corren el riesgo de ser asesinados o mandados a trabajar en Alemania. Las cartas de protección que nosotros les dimos son documentos auténticos, con todos los timbres del caso, y ninguno de ustedes ha tenido que pagar ni un solo peso para obtenerlas. Y esto también lo saben los alemanes.

Y entonces muchas voces empezaron a escucharse al mismo tiempo. Alguno sugería ir de inmediato a refugiarse en el gueto común, convencido de que el número los habría protegido; otros proponían pagarles a los soldados para que los dejaran salir de la ciudad, y otros solo protestaban.

—¡Salir de aquí significa morir! —los interrumpió Jorge, con una voz que no admitía ninguna réplica—. En ustedes está la elección.

Más tarde, cuando el auto con los banderines españoles se puso en marcha para llegar a otra de las casas protegidas, Perlasca se hundió en la silla; se estaba dando cuenta de que nunca habría podido salvarlos a todos, que no estaba en su poder acabar con el mal que había cubierto toda la

Tierra con su sombra. Miraba por la ventana. A lo largo de las calles de Budapest sobresalían los agujeros de las balas de fusil sobre las fachadas de los edificios antiguos; saltaban a los ojos, en toda su evidencia, los escombros de las casas derrumbadas, las marcas de hambre y dolor sobre las caras de los transeúntes. Sin embargo, algo dentro de sí lo obligaba a mantenerse firme.

Como **Don Quijote**

El sol brillaba detrás de las nubes cuando el sonido del claxon del carro, para avisarles a los ocupantes de la casa de la calle Pannonia de su llegada, extrajo a Perlasca de sus recuerdos y lo ubicó inmediatamente en la realidad presente.

Afuera de la segunda de las ocho casas protegidas por el Gobierno español esperaban algunas personas con las estrellas amarillas de tela cocidas en sus vestidos; eran principalmente hombres que aprovechaban las horas en las que el toque de queda les permitía moverse, para encontrarse con algún conocido.

—Ya llegamos. —El conductor responde el saludo con un gesto de la mano.

Los protegidos, que eran poco más de un centenar al inicio de las persecuciones, ya habían superado el millar de personas. Y todos los días llegaban a la embajada nuevas solicitudes de ayuda.

Una pequeña multitud se reunió para recibirlos, pero se mantenían a una respetuosa distancia del automóvil, hasta que Perlasca no les indicara acercarse a descargar la comida.

—¡Háganlo lentamente! —alzó la voz el conductor, cuando dos hombres agarraron mal una caja de madera, que estuvo a punto de caerse.

—¿No deberíamos entrar a la casa para revisar las habitaciones? —preguntó el conductor.

Perlasca sacudió la cabeza.

—No hay motivo para hacerlo: hoy no pasó nada.

Perlasca sabía bien cómo vivían hacinados en las casas, luchando por tener un mínimo de intimidad y continuar siendo seres humanos con dignidad, aunque estaban obligados incluso a compartir el balde que servía como letrina. Entrar demasiado en la privacidad de los refugiados significa mirar fijamente el sufrimiento de estas personas y faltarles al respeto.

Perlasca se giró para observar a los niños que se movían entre las piernas de los adultos, y metió una mano en el bolsillo de la chaqueta para corroborar que la bufanda con los renos amarillos y azules todavía estuviera en su lugar.

—Busco un niño de nombre Moshe —se dirigió Perlasca al anciano que les estaba entregando los certificados—. ¿Han tenido algún niño con este nombre?

—Sí: estaba aquí con la mamá y el abuelo, creo. Prefirieron reunirse con algunos amigos en una casa protegida por Suiza, me parece.

Se giró hacia dos hombres de chaqueta negra, en las que la estrella amarilla resaltaba como un sol en medio de un temporal.

—¿Están seguros? ¿Se fueron todos? ¿Dos mujeres, un niño y un hombre anciano?

También los dos hombres dijeron que sí con la cabeza.

En ese momento, el segundo auto de la embajada española, un Ford, entró por la puerta que había quedado abierta. Al volante iba el hijo de la señora Tourné, Gastón, que exigía el viejo auto a una velocidad inusual. Dejó el motor encendido y se acercó corriendo.

—¿Qué sucede? ¿Por qué toda esta prisa de consumir combustible? —preguntó Perlasca, que ya estaba alarmado por la expresión del joven.

—La Cruz Flechada ha hecho una incursión en la casa protegida de la calle Foenix. Nos avisaron en la embajada, pero no logré contactarlo mientras estaba en la otra casa... y aquel teléfono no funciona.

La red de informadores de la embajada española había logrado, una vez más, identificar un asalto de los nazis húngaros a una casa protegida, pero la poca fiabilidad de la red telefónica había hecho que ese esfuerzo fuera inútil.

Perlasca subió con él al auto. En esos momentos sentía aún más fuerte el cansancio de estar siempre en una carrera contra la muerte, con el terror de llegar demasiado tarde y encontrar solo cadáveres. Sentía náuseas por todos esos muertos, por la inutilidad de tratar de salvarles la vida: ponía a salvo dos y se llevaban un centenar. Si hubiera seguido hasta el final su primer impulso, ya estaría muy lejos de Hungría, en Trieste, con su mujer.

El auto afrontó la primera curva a gran velocidad, y mandó al pasajero a chocarse contra la ventana.

—¡Maldición! —reaccionó Perlasca, y habría querido gritarle al hijo de la señora Tourné que bajara la velocidad, o incluso que detuviera el auto. Pero no podía hacer nada diferente de correr contra el tiempo para evitar el riesgo continuo de ser detenido, e incluso arrestado por la Policía o, peor, asesinado por la Cruz Flechada. Quería regresar a casa, quería dormir.

Se pasó una mano sobre la cabeza. Como tantas otras veces, se preguntó si tenía sentido continuar tratando de esconder y de proteger personas que fatalmente habrían sido capturadas y asesinadas. Don Quijote había combatido con coraje contra los molinos de viento, pero nunca logró derrotarlos. ¿Y entonces él era tan diferente? Luchaba contra monstruos demasiado grandes que jugaban con él, que se burlaban de él y que habrían podido asesinarlo.

Miró hacia afuera: los muros rotos por los proyectiles, los pozos de agua fangosa incrustados de hielo oscuro, las tablas de madera robadas de las casas abandonadas para alimentar pequeñas hogueras.

Con frecuencia, sus carreras no tenían sentido ni esperanza; sin embargo, en la parte más viva de su corazón sentía que no habría podido hacer nada diferente: no podía quedarse mirando cuando las personas eran tratadas peor que los animales.

—Solo tienes miedo y nostalgia por tu casa: tarde o temprano todas las cosas pasan —dijo en voz alta, para consolarse.

Redada en la calle Foenix

En el alba, la Cruz Flechada se había organizado en las afueras del edificio de la calle Foenix, como una gran soga, y habían esperado detrás de las esquinas de los edificios apuntando sus fusiles, listos para detener a cualquiera que hubiese tratado de huir.

El cielo todavía estaba oscuro, y solo algunos bancos de niebla helada se movían entre las calles de Budapest, mientras muchos de sus habitantes dormían, en sus camas estrechas. Había dos bancas cerca del cruce, y desde allí un hombre daba las órdenes con ágiles movimientos de las manos; tenían la orden de no hablar y no hacer ruido: parecían vampiros en busca de sangre, espectros dispuestos a devorar a los transeúntes incautos. El oficial verificó que todos estuvieran en sus lugares, y entonces hizo una señal al sargento que esperaba junto a la puerta.

De repente, el silencio de la noche que apenas terminaba se quebró, y por todo el barrio resonaron los gritos rabiosos de los hombres armados que abrían las puertas a patadas. Gritos y golpes, y luego las voces de aquellos que habían sido sorprendidos en mitad del sueño.

Como una banda de ratas, la Cruz Flechada entró en las casas empuñando sus armas, subieron las escaleras hasta el último piso para sacar a patadas a todos y reunirlos en el patio.

El oficial se ubicó en el centro del lugar, para disfrutar del espectáculo de la gente que era expulsada de las casas: hombres a medio vestir, mujeres que trataban de cubrirse con una cobija, con los ojos hinchados de sueño y las bocas resecas, aterrorizados por las armas y por no tener a su lado a sus hijos o a sus padres, alejados por la fuerza entre la multitud. Los soldados botaron por los aires maletas y muebles, tumbaron puertas y bajaron incluso a los sótanos, en busca de cualquiera que hubiera podido esconderse. Su comandante, mientras tanto, esperaba sonriendo que la cacería terminara.

Desde la otra parte de la calle se abrió una grieta en el muro de soldados, y una mujer pudo ver lo que estaba sucediendo en la casa del frente: por la ventana de la casa de los judíos volaron a la calle los vestidos y una caja de madera llena de libros; el ruido de la colisión hizo cerrar la estrecha fisura y la mujer desapareció en su interior.

Poco después se abrió una puerta y una mujer salió corriendo, con un chal sobre la cabeza. Luego de girar en la primera esquina, a sus espaldas resonó un golpe de fusil. Apretó con fuerza las esquinas del chal, como si eso pudiera protegerla de cualquier mal, y empezó a correr rumbo a la embajada española, corriendo el riesgo de resbalarse en el asfalto congelado.

Así estaba conformada la red informativa de la embajada: húngaros pequeños y grandes que habían decidido no aparentar nada. Esa mujer, con un simple gesto, hizo un encantamiento: transformó en amigos por los que valía la pena arriesgar hasta la vida a una multitud de desconocidos.

La señora Tourné trató de localizar a Perlasca, pero cuando finalmente logró usar la línea telefónica, descubrió que se encontraba en la zona de la ciudad donde los teléfonos solo funcionaban algunos días. Y fue su hijo quien se ofreció a llevarle el mensaje en el auto, y llevarlo hasta la emboscada.

Cuando llegaron a la calle Foenix, el portón de la casa estaba abierto y el vestíbulo estaba cubierto de hojas y vestidos; algunas maletas destripadas habían sido amontonadas en un rincón, junto a los cajones destrozados.

Perlasca avanzó caminando sobre las astillas de madera y de vidrio, agudizando el oído para descifrar los ruidos que venían de los pisos superiores. Murmullos y silbidos, algunos pasos.

Al final de la escalera yacía el cuerpo de un hombre, uno de los responsables de la casa, enfriado por un disparo de fusil; junto a la estrella amarilla había florecido una estrella más oscura.

Por la escalera, bajaron dos mujeres ancianas llorando con pañuelos hechos trizas y una lata con agua.

—¿Qué pasó? —preguntó Perlasca tomando a una de ellas del brazo.

—Los soldados se llevaron a todos los que podían trabajar, hombres y mujeres. Se los llevaron a todos. —La mujer, siempre llorando, se soltó de Perlasca y rodeó el cadáver, para llegar hasta la puerta y salir a la calle.

—Pero, ¿adónde creen que van ahora? Afuera no hay lugares seguros, deben quedarse aquí.

—¿Por qué este es un lugar seguro? —preguntó la segunda mujer señalando la sangre y los documentos regados en el suelo—. ¿Acaso fue un lugar seguro para él? ¡Confiamos en usted y en sus bellas palabras!

Por un momento, las dos mujeres desaparecieron y Perlasca miró a su alrededor. La casa había sido destruida por completo, todo lo que se podía romper en pedazos estaba hecho pedazos esparcidos en el piso y las escaleras; los bultos y las maletas habían sido abiertos y registrados, en busca de dinero o de objetos preciosos. Las personas que vivían allí habían sido secuestradas o habían escapado para esconderse en cualquier otra parte. Pero ya no había ningún lugar seguro en Budapest.

—Vamos a la estación de policía. ¡Rápido!

Tourné se subió al auto de prisa y arrancaron.

Perlasca permaneció toda la mañana en la estación, mientras la Cruz Flechada consultaba a la Policía y hacía llamar a funcionarios políticos y del Ministerio de Asuntos Internos. Por prudencia, Perlasca había reunido en el patio a todos sus protegidos; cada tanto bajaba para tranquilizarlos, y luego volvía a subir a la espera de novedades.

—Lo que pasó esta mañana fue un acto ilegítimo e ilegal. Estas personas son ciudadanos españoles: no pueden arrestarlos y deportarlos, ni siquiera pueden encerrarlos en el gueto judío. Tienen el permiso de estar en las casas protegidas.

Cada vez que Perlasca le dirigía la palabra, el policía lo miraba con una expresión poco inteligente y solo levantaba los hombros, antes de retomar la lectura de algún documento. Un joven uniformado, con bigote rubio que le caía sobre la boca, pasó más de una vez por el corredor lanzándole al español miradas comprensivas.

—¿Ya intentó llamar a algún ministerio? —preguntó nuevamente Perlasca.

El hombre encogió los hombros por enésima vez y volvió a su eterno trabajo de lectura.

Desde la ventana, Perlasca podía vigilar a sus protegidos en el patio: formaban un grupo compacto, con los hombres de pie, las mujeres sentadas contra dos columnas y los niños pequeños arrullados en brazos o junto a ellas. Solo tres niños que no habían perdido las ganas de jugar seguían corriendo entre las faldas y las piernas de los adultos; trataban de patear por los aires una bola de papel para golpearla con la cabeza.

"He aquí los primeros jugadores de la futura selección nacional de fútbol de Hungría", pensó Perlasca, y sonrió un poco. Cómo eran de parecidos los húngaros y los italianos: solo era necesario lanzar un balón entre sus pies, y de inmediato lo único importante era el fútbol.

El más alto de los tres niños estaba invitando a sus compañeros a levantarle el balón, mientras que el pequeño quería mantenerlo en el aire con sus muslos; fue durante una de estas acciones cuando la pelota de papel voló sobre la cabeza del muchacho y terminó por golpear al policía de bigotes rubios, que en ese momento atravesaba el jardín. Perlasca, desde su lugar de observación en la ventana, se estremeció y se recluyó instintivamente en la sombra. Los niños quedaron congelados de golpe, incluso el grande, poco distante de los demás, y contuvieron la respiración, a la espera.

El hombre se inclinó para recoger la bola de papel y se acercó a los tres futbolistas, sin dejar de mirarlos. A un paso de ellos, lanzó una mirada veloz hacia la ventana de la comisaría, puso la pelota en la mano del más pequeño y le acarició la cabeza.

—No le pegues con la punta. Haz el pase con el borde interno del pie: así tienes más control —le dijo, y siguió su camino.

Cuando el hombre se alejó, Perlasca lo siguió con la mirada: el policía avanzó con paso firme hacia el otro lado del jardín, pero antes de subir las escaleras se detuvo junto al portón y miró al grupo de judíos. Habría querido darle esa caricia a su propio hijo, que tenía más o menos la edad de esos tres; si hubiera estado en su poder, habría tomado a esos tres muchachos y los habría llevado a su país, a jugar fútbol con su Imbre.

Mientras más pensaba en su hijo, más importante era sobrevivir a la guerra. Se guardó la pena que sentía por esas personas, que seguramente terminarían en un campo de exterminio o en el fondo del Danubio, pues sabía que la piedad era peligrosa.

"No puedo preocuparme por ellos —se repitió subiendo las escaleras—. Debo pensar en mi familia. No les puedo dar una caricia a ellos. Si me hubiera visto un oficial, ya estaría en graves problemas".

Fuera de la ventana, las primeras gotas de lluvia empezaron a caer de repente, distantes entre sí, mandando al grupo a buscar algo de protección en la esquina del patio, bajo una cornisa.

...llueve sobre nuestras manos
desnudas,
sobre nuestras ropas
ligeras,
sobre los frescos pensamientos...

Las palabras de un poema de Gabriele D'Annunzio emergieron de repente en la mente de Perlasca, como una luz perdida en la oscuridad. ¡Cómo era de diferente la escena que acababa de ver del paseo del poeta y de su amante entre los pinos, durante un temporal de verano!

"La memoria tiene un sentido del humor muy particular", se dijo contemplando el patio que se oscurecía, mientras la lluvia empezaba a caer más fuerte y fría.

Nunca habría pensado que llegaría a llorar recordado los años de la escuela. Por ese poeta, Gabriele D'Annunzio, incluso había peleado con su profesor, con el director y hasta con su padre: el poeta, en esos días, invitaba a todos a la guerra, a la gloria; y en cambio allí, en la escuela, a él le parecía que estaba perdiendo el tiempo con tantas cosas inútiles. Todo terminó con su expulsión del instituto. En realidad, no fue un gran sacrificio, porque nunca había amado la escuela, y había estado más contento de dejarla e ir a convertirse en soldado.

... sobre la fábula bella
que ayer
me ilusionó, que hoy te ilusiona...

No quiso seguir mirando al policía que leía sentado en el escritorio: le dio la espalda y miró fijamente al cielo.

Había ido a España porque estaba convencido de que esa era una guerra justa; sin embargo, había visto tantas cosas horribles desde que había estallado esta guerra, que parecía que no tuviera ningún límite de crueldad y horror, porque cada día superaba al anterior.

Su mirada recorrió las caras largas y tristes de la gente que se recostaba contra la pared para protegerse de la lluvia, a pocos metros bajo él.

"Estos últimos años no debieron ser una fábula tampoco para para ellos" —reflexionó Perlasca, apoyando las dos manos en el borde de la ventana.

De repente, el teléfono junto al policía emitió un sonido áspero, un trino equivocado, como si tuviera algo roto; el hombre levantó el auricular y escuchó. Dijo solo un par de palabras antes de colgar y lo miró en silencio.

—¿Y bien?

—Puede llevárselos —dijo el policía, y volvió a bajar la mirada a sus documentos, haciendo que leía.

Por fortuna, después de algunas llamadas, el abogado Farkas había logrado contactar a Sanz Briz, que les había confirmado a algunos líderes de la Cruz Flechada lo que Jorge había estado repitiendo, y finalmente se había dado la orden de que todos fueran liberados.

Cuando Perlasca bajó al patio para reunir a su grupo, ya no estaba lloviendo; nombró a un nuevo líder de casa, encargó a dos jóvenes cerrar la fila y asegurarse de que nadie se quedara en el camino. Sin siquiera mirar para atrás, la doble fila de personas atravesó la puerta bajo la mirada atenta de algunos hombres armados y regresó a la casa protegida.

El automóvil de la Embajada de España dejó la estación inmediatamente después y, lentamente, se movió para regresar a casa.

Una **idea arriesgada**

Al regresar al edificio de la embajada, Perlasca esperó a que la señora Tourné hubiera terminado y, tan pronto como ella salió con todas sus carpetas azules apretadas contra el pecho, él entró en la oficina.

El embajador tenía el escritorio cubierto de documentos y archivos.

—¿Interrumpo? ¿Tal vez prefiere que venga más tarde?

—Entre, entre, Perlasca... ¿o debería llamarlo Jorge, como hacen todos desde hace un tiempo?

Sanz Briz sonrió, pero se veía que estaba demasiado cansado y preocupado como para mantener esa sutil sonrisa. Se pasó una mano por el rostro y le señaló la silla libre frente al escritorio. El abogado Farkas estaba de pie, en silencio, junto a la biblioteca.

—¿Qué novedades me trae de las otras casas?

—No muy buenas: algunos protegidos se alejaron, fueron sorprendidos en la calle en un horario prohibido e inevitablemente fueron arrestados; otros fueron desaparecidos y ya no tuvimos noticias de ellos. ¡Los de la calle Foenix, regresaron todos!

—Mire, Perlasca: esta vez tuvimos suerte. Creo que no sería capaz de contar todas las mentiras que dije hoy para sacarlo de esa comisaría. Cuando nuestros protegidos son arrestados, podemos tratar de hacer que los liberen, como esta mañana, pero debemos saber que no siempre va a ser así. Es más fácil que sean asesinados, o que terminen en los campos de concentración incluso antes de que alguien nos avise.

—Justamente de esto quería hablarle, embajador. Me gustaría contactar personalmente a Gera, el ministro secretario del Partido de la Cruz Flechada, para tratar de llegar a un acuerdo. Justamente fueron sus hombres quienes entraron hoy en nuestra casa protegida de la calle Foenix, y destruyeron todo: golpearon a las mujeres y violentaron a una jovencita. Antes de irse, botaron a un anciano de un sexto piso y le dispararon al líder de la casa.

Ante esas palabras, Sanz Briz bajó la mirada hacia el escritorio y curvó los hombros, como si un enorme peso lo estuviera aplastando.

—¿Está seguro de querer correr un riesgo tan grande? Si en las oficinas de Gera se encuentra con alguien que lo reconozca como el italiano que comerciaba con ganado, terminará en un campo de concentración.

—Es necesario correr algunos riesgos —respondió Perlasca— para obtener lo que uno desea.

—¿Y por qué hace todo esto?

—Todos los días veo cómo asesinan gente, y no puedo soportarlo. Tengo la posibilidad de hacer algo, y quiero al menos intentarlo. Además, así como todos..., algún día tendré que hacer las cuentas con mi conciencia.

Sanz Briz permaneció un poco absorto.

—¿Y qué piensa hacer?

—Señor embajador, creo que, tratando de hablar con sus superiores, se puede llegar a un acuerdo, una especie de tregua: hacer que consideren las casas protegidas de las zonas como lugares inaccesibles. Es el último lugar de toda Budapest en el que los judíos pueden encontrar un refugio, para no ser asesinados, o peor... Tenemos que encontrar una solución. Sé que hay algunos líderes muy sensibles al dinero: podríamos corromperlos y obtener la liberación de algunos prisioneros. Tenemos que probar.

Sanz Briz se apoyó en el respaldo y se masajeó las sienes.

—¿Usted está seguro de la información que tiene?

Farkas había roto improvisadamente el silencio en el que parecía estar inmerso. Luego continuó con un tono apacible, como solía hacerlo:

—¿Cree que sea posible convencer a este Gera de una forma u otra? ¿Está seguro de saber quién se puede corromper y quién no? Un solo movimiento en falso, ofrecer dinero a quien no lo acepta... nos haría quedar en absoluto desprestigio. ¿Usted sabe que la protección humanitaria de las demás naciones no es real, y que los judíos deben pagar a cambio? Ni siquiera tiene valor el papel sobre el que las imprimieron, y mostrarlas significa hacerse arrestar de inmediato.

—¡Pero las de la embajada española sí que son reales! Y a nadie se le pide ni un peso por tenerlas —respondió Perlasca, con un tono seco.

—Sobre eso no hay ninguna duda: yo mismo lo verifico. Pero cuando se empieza a mezclar el dinero con otras actividades, señor Perlasca, se corre el riesgo de quedar manchado. Cuando se trata con asesinos, como Gera y su banda, involucrarse es inevitable. Y para los demás se hace imposible diferenciar quién era el bueno y quién el traidor.

Hacer pactos y regalarle dinero a quien está torturando y masacrando mujeres y niños... —había intervenido Farkas.

Perlasca no lo dejó terminar:

—Abogado: si hacer pactos con los asesinos sirve para salvar algunas vidas, puede y debe hacerse.

El embajador, al sentir la tensión creciente entre los dos hombres, levantó la mano izquierda para silenciarlos.

—Señor Perlasca, pregúntele a la señora Tourné de cuánto podría disponer la embajada para este "incentivo" de convencimiento. Solo por tener una idea. Luego, trate de moverse con muchísima cautela: trate de sondear, con mucha atención, y téngame constantemente informado.

Perlasca, creyendo que la reunión había terminado, se inclinó para levantarse de la silla.

—La situación diplomática está cambiando muy rápido e, infortunadamente, no a nuestro favor —prosiguió el embajador.

—España no está interesada en reconocer el nuevo gobierno húngaro: los nazis de aquí no son del agrado de Madrid; sin embargo, desde Budapest están llegando presiones para un reconocimiento oficial, y ya muchos países lo han concedido. Muy pronto, les pedirán a todos los representantes diplomáticos transferirse a Soprón, en límites con Austria; también se lo pedirán a la embajada española, y eso significaría...

—¿Abandonar a su suerte a todos los protegidos? —lo interrumpió Perlasca, casi saltando de la silla.

—No solamente. Quiere decir que España podría retirar a todos sus embajadores y sus diplomáticos. Determinaría cerrar la Embajada de España en Hungría.

—El fin de todo… —Perlasca miró fijamente a Farkas, que estaba hundido en el silencio más profundo.

—Usted entenderá —prosiguió Sanz Briz— que en esta situación también su viaje a Suiza es casi imposible de organizar…, seguramente se tendrá que aplazar. En este momento, nuestros contactos con España son cada vez más raros y difíciles, y las fronteras húngaras están prácticamente selladas. Debió haber partido de inmediato, Perlasca.

El abogado Farkas lo miró en silencio.

—Es por esto por lo que le recomiendo la máxima discreción: no se meta en problemas, Jorge, porque es posible que España no pueda ayudarlo. Por lo menos, yo no podría hacerlo. ¿Me entendió?

Perlasca dijo que sí con la cabeza y lo miró fijamente a los ojos.

—De todas maneras, iré a hablar con Gera y trataré de llegar a algún acuerdo con la Cruz Flechada y con los alemanes.

—¡No pierda el tiempo con los alemanes; al menos, no con ellos! —dijo Farkas—. Concéntrese en un peligro a la vez.

Una vez consideró que la reunión había terminado, Perlasca se levantó y se despidió, y solo cuando estuvo nuevamente al aire libre pensó en Italia: quién sabe qué estaba pasando en Trieste en esos días… No lograría pasar Navidad con su esposa y sus amigos.

Gera

Jorge se había vestido tan elegantemente como pudo, y esto no había pasado desapercibido para la secretaria que los había recibido en la oficina de Gera.

La noche anterior Sanz Briz había tratado de instruirlo sobre el comportamiento que debía tener con el líder de la Cruz Flechada de Budapest, pero Perlasca no estaba seguro de poder recordarlo todo. Se sentó casi de frente a la puerta de la oficina del hombre que estaba sembrando terror y muerte en las calles de la ciudad, y prendió un cigarrillo como si esa fuera una de las tantas entrevistas que tenía programadas aquel día; en el maletín que tenía apoyado sobre la silla guardaba un paquete de documentos escritos en español, de los que aún ignoraba su posible utilidad.

Puso su mano sobre el nudo de la corbata para asegurarse de que estuviera perfecto y se dio cuenta de que se le había secado la garganta. No estaba en condiciones de engañar al ministro: no sabía nada de diplomacia y la breve lección que le había dado el abogado Farkas no podía funcionar.

Los dedos le temblaban y un pequeño cilindro de cenizas le había caído en el pantalón y se le había quedado dentro de un pliegue. Se levantó y cruzó una mirada con la secretaria, que desde su pequeño escritorio cubierto de documentos le sonrió; para alejar el miedo, Perlasca se le acercó y le devolvió la sonrisa esperando que un poco de charla inocente sobre el clima y sobre la Navidad sirvieran para alejar la tensión. Le contó un par de anécdotas sobre la vida en España y sobre la belleza de las mujeres de los dos países, y se sintió mejor.

Pero cuando la puerta de la oficina de Gera se abrió, salieron dos italianos que Perlasca había visto el año anterior en las oficinas de la embajada italiana, y que lo miraron fijamente con curiosidad. Se giró rápido hacia la ventana y puso sus manos frente a su cara, con el encendedor en la mano, con la excusa de encender otro cigarrillo; tenía las sienes húmedas de sudor frío.

Después de algunos intentos, acercó el tabaco a la pequeña llama manteniéndose de cara al vidrio; a sus espaldas escuchó un intercambio de frases en húngaro y la voz suave de la secretaria que acompañaba a los dos invitados a la salida con una pequeña sonrisa.

Perlasca, envuelto en una nube de humo, recibió con tranquilidad el regreso de la mujer.

—Dentro de poco, podrá entrar usted —anunció sin dejar de sonreír mientras regresaba a su silla—. Imagínese que uno de esos dos lo confundió con un italiano. Un comerciante de carne.

Perlasca soltó una gran bocanada de humo y la miró con una sonrisa.

—Italianos y españoles, ¡qué pueblos! Somos como primos —bromeó reforzando su acento español, antes de volver a sentarse—. Y también los húngaros, ¿no cree?

Ella sonrió una vez más, manteniendo la mirada en los documentos sobre el escritorio; y él, olvidándose del peligro que acababa de acariciarlo, se concentró en el encuentro que lo esperaba.

Cuando finalmente se abrió la puerta, Perlasca pudo acomodarse. Recordó que debía dirigirse a Gera como "doctor Gera", se presentó como diplomático de la embajada española y, antes de que lograra repetir las palabras que había aprendido casi de memoria, el otro lo detuvo.

—Me alegra que sea usted quien se preocupe por estas cosas: el abogado Farkas siempre será un judío.

Perlasca lo escuchó sin replicar; luego se aclaró la voz.

—Precisamente, partiré desde este punto, recordándole brevemente la posición de España en toda esta situación de los judíos. Si usted me lo permite...

Pero ante la palabra "judíos", el rostro de Gera se había transformado de inmediato. Tiró al suelo un paquete de documentos que tenía sobre el escritorio insultando y maldiciendo a los "judíos asesinos".

—¡¿Cómo puede venir a hablarme de los judíos con tanta tranquilidad?!

Gera se había puesto en pie y su rostro estaba rojo de la ira.

—Solo ayer, esos malditos trataron de asesinarme: un grupo de asesinos lanzó una bomba en el teatro en el que yo estaba hablándole al pueblo húngaro...

Parecía al borde del llanto: se movía como un loco por la habitación y agitaba las manos hacia el cielo. Temblando e insultando.

—No pudieron haber sido los hebreos protegidos por la embajada española, porque ninguno de ellos ha dejado las casas, de acuerdo con las reglas...

Perlasca trató de calmarlo, pero Gera, en cambio, empezó a caminar cada vez más rápido, moviéndose irregularmente, casi al punto de llegar a una crisis histérica.

—¡Todos son responsables!, ¡todos! Es necesario asesinarlos a todos, que no quede ni siquiera uno. Tenemos que asesinarlos —empezó a gritar y a toser—. ¡No debe sobrevivir ni siquiera un judío! Ni siquiera un niño judío, ninguno. ¡Tenemos que desaparecer toda la raza, absolutamente toda!

Perlasca no dijo nada. Permaneció sentado e inmóvil mirando fijamente a esa bestia que merodeaba en la habitación. Dejó que Gera continuara desahogando su furia y soportó sus gritos y el sonido de los vidrios hechos trizas cuando arrojó una lámpara de mesa contra la pared.

El comandante maldijo a Farkas y a la embajada española, a los siervos de los judíos, a los corazones débiles y compasivos; le apuntó con el dedo y despotricó una vez más, pero Perlasca esperó pacientemente a que se le pasara.

Cuando Gera se dejó caer de nuevo en su silla, agitado y con la voz ronca, Jorge esperó todavía un par de minutos más; luego le dirigió nuevamente la palabra, con calma, como si no hubiera pasado nada.

—Doctor Gera, los judíos húngaros, de acuerdo con las leyes raciales de este país, perdieron la nacionalidad; por esta razón, el Gobierno de España tiene la intención de conceder a un cierto número de ellos, un número por ahora difícilmente cuantificable, la nacionalidad española. A todos aquellos que descienden de judíos sefardíes, y por lo tanto españoles, o que tengan relaciones de parentesco con mis... connacionales, o relaciones duraderas de tipo comercial, entre otros. Esta es la política que seguimos también en otros países.

Gera lo miró incrédulo y alterado luego del gran escándalo que acababa de hacer. Perlasca prosiguió pasando de los acuerdos diplomáticos y de política exterior a la gran amistad y la simpatía que unían a España y Hungría, y a cómo estas relaciones no podían ser arruinadas por una cosa sin importancia como unos pocos judíos.

—Doctor Gera: Hungría y España son dos naciones unidas por los mismos ideales fascistas, aunque nuestro generalísimo Franco prefirió que España no tomara parte en esta guerra. No dejemos que una pequeña incomprensión lo arruine todo.

Se concedió una pausa, para tomar un breve respiro y espiar las reacciones de su interlocutor, que escuchaba inmóvil, con una mano apoyada en la mejilla.

—Para evitar complicaciones y molestias al Estado húngaro, estos ciudadanos españoles, que están a la espera de ser expatriados... tan pronto como las condiciones de las fronteras vuelvan a la normalidad —continuó Perlasca—, estos ciudadanos, decía, permanecerán confinados en algunas casas protegidas, de propiedad de España.

Gera lo miró fijamente, en silencio, pero Perlasca sostuvo su mirada penetrante.

—Usted es el primero que no viene aquí a hablarme de motivos humanitarios ni de otras estupideces de ese tipo, como sí lo han hecho otras embajadas.

—Doctor Gera, nosotros dos somos hombres acostumbrados a tratar temas de Estado, y no podemos permitirnos actuar por iniciativas personales.

Perlasca mantuvo un tono frío y distante, aunque tenía frente a sus ojos las imágenes de hombres, mujeres y niños tratados como bestias. Se concentró en la convicción de que Gera tenía menos competencias en cuestiones diplomáticas y de política externa que las que él mismo podría tener, y por esto siguió con su *bluff*, sintiendo el velo de sudor que se le secaba sobre las sienes.

—Como usted bien lo sabrá, el Estado español está muy pendiente de defender a sus ciudadanos en cualquier parte del mundo y en cualquier situación en que se encuentren. Y justo ahora, que el nuevo Gobierno húngaro espera el reconocimiento internacional, es interés recíproco que se mantengan óptimas relaciones y que ninguna sombra obstaculice la amistad entre nuestros países.

Gera parecía estar un poco más tranquilo: el ataque de furia ya era solo un recuerdo. Miraba casi con simpatía a aquel hombre que consideraba un alto diplomático español y escuchaba sus palabras asintiendo con la cabeza.

Continuaron hablando, y Perlasca dejó las direcciones de todas las casas protegidas por España, con el fin de que Gera pudiera informar a sus hombres, como si fuera una acción obvia que no necesitara ningún otro comentario.

Al momento de despedirse, Gera se levantó y lo acompañó hasta la puerta.

—Señor Perlasca, recuérdeles a sus protegidos que no deben salir durante el toque de queda o sin la señal de reconocimiento obligatorio. Y no aumenten demasiado su número: manténganse alrededor de los trescientos que tienen en este momento. Hasta pronto.

Cuando estrechó su mano, Perlasca sintió un escalofrío desagradable (el contacto con ese hombre le generaba una terrible repugnancia); sin embargo, le devolvió una amplia sonrisa.

—Recuérdelo, Perlasca: trescientos protegidos, no más —la voz de Gera resonó a sus espaldas.

Mientras el gran Ford recorría las calles de la ciudad, Perlasca, aferrando su maletín de diplomático, le preguntó a su conductor:

—¿Nuestros protegidos realmente son tres mil?

—Tres mil ciento doce, de acuerdo con el último conteo de ayer en la noche. Llegaron las listas de todas las ocho casas.

—Bien. —Perlasca se abandonó sobre la silla, con una pequeña sonrisa de satisfacción. —De hecho, me pareció que el número que dijo Gera también comenzaba por tres.

Sobre **los techos**

EVA GATEÓ HASTA EL BORDE DE la gran terraza del Palacio San Esteban, tratando de ser como una sombra sobre el pavimento crudo: le gustaba permanecer así porque podía fingir ser un pedazo de piedra y no sentir hambre, ni frío ni ningún dolor; se quedó quieta mirando la baja luz del sol en el horizonte, sin lograr vislumbrar nada interesante, pero a lo lejos sonaban muy diferente los disparos de los cañones.

—¿Qué es? —preguntó Helga, que la había seguido.

—Son los rusos. Les están disparando a los alemanes para hacerlos pedazos. Dentro de muy pocos días estarán en la ciudad, ya verás, y sacarán corriendo a los soldados de Hitler, a los policías malos, e incluso a la Cruz Flechada.

—¡Yo no los veo! —protestó Helga organizándose las trenzas.

—¡Quédate agachada! ¿Acaso quieres que algún guardia te descubra desde la calle?

Se quedaron allí por un momento, mirando las calles desde lo alto, sin hablar, hasta que Eva se movió hacia el techo. Aunque las dos tenían catorce años, Helga todavía parecía una niña y no hacía nada sin su nueva amiga; Eva la había recibido en la puerta el día de su llegada y le había explicado cómo funcionaba la organización de la casa: desde ese momento había asumido el rol de protectora convirtiendo a Helga en la hermana que nunca tuvo.

—¿Tienes frío? ¿Ya vas a entrar? —preguntó Helga, angustiada por la idea de tener que regresar al séptimo piso, con las otras sesenta y tres personas. En esas habitaciones, apenas cerraba los ojos, volvía a visitarla la pesadilla del río, con los zapatos alineados junto a la orilla, los cadáveres que flotaban alrededor de ella y su cuerpo que era succionado hacia el fondo, bajo la corteza de hielo.

—Voy a recoger nieve —dijo Eva mostrándole una lata que alguna vez había contenido mermelada; ahora, desde que destruyeron la tubería de agua de la casa, servía para derretir nieve y tener agua.

Infortunadamente, muchos de los habitantes de la casa ya habían subido al techo para obtener agua, y para tener nieve limpia era necesario subirse a las tejas: la nieve del día anterior ya se había congelado y formaba una corteza difícil de excavar con las manos entumecidas, e incluso ayudándose con la lata.

Eva se quitó un guante, y de inmediato sintió cómo se le congelaban los dedos por el frío. Llenó el contenedor y luego regresó abajo prestando atención a no olvidar el guante que, aunque estaba roto en la punta de los dedos y remendado por lo menos cien veces, todavía podía calentar a alguien.

—Helga, ¿qué estás mirando? —preguntó la amiga.

—Miro la ciudad, y pienso que me gustaría volver a caminar por las calles. Aunque ya no hay nada, aunque las tiendas están vacías. Solo pasear, como lo hice alguna vez, y no tener que estar siempre encerradas en esta casa. Tal vez, ir al parque. Y no volver a soñar con ser amarrada y lanzada al Danubio —pero la última frase solo la pensó.

Eva también habría querido salir, volver a pasear por las calles de Budapest, ir a buscar a sus amigas y a la gente que conocía. Acariciando el medallón que llevaba en el cuello, pensó que habría sido lindo tomar el funicular y subir por el Puente de las Cadenas hasta la colina del Castillo, y desde allí, admirar la ciudad; ojalá, en uno de esos raros días de sol invernal; hacer como las señoras: pasar la tarde en el calor de las aguas termales del Palatinus y después pasear por la isla Margarita tomada del brazo de un elegante caballero, que quizá podría parecerse a Jorge: la habría invitado al restaurante, a comer ganso con castañas, y después, pudín caliente o un mazapán de chocolate. Junto a él regresaría a su vieja calle, para darle a probar los dulces que preparaba su panadero.

Era un sueño imposible: quien salía de la casa protegida corría el riesgo de caer preso por la Cruz Flechada, golpeado y llevado a los campos. Para siempre. O asesinado. Además, también el panadero, como toda la gente que había vivido en su barrio, podría estar muerto o haber escapado muy lejos; incluso, dentro de su casa, ahora vivía la familia mala del trabajador de la oficina postal, un hombre bajo y calvo, con anteojos de lentes gruesos, que se enorgullecía de ser un escritor, uno de esos que salieron a la calle a aplaudir cuando los alemanes habían venido a llevarse al dentista y a su mujer, por ser judíos.

Una vieja muy bien abrigada salió por la pequeña puerta metálica y se movió por la terraza a sus espaldas, con cuidado de no resbalar, arrastrando los pasos inciertos entre el barro; envueltos alrededor de la cabeza y los hombros, tenía por lo menos tres chales, de colores diferentes, y solo la nariz y la punta del mentón se veían entre todas estas capas; tanto, que era difícil ver hacia dónde iba. Caminaba encogida por el frío, porque no tenía abrigo, pero usaba dos faldas, una sobre la otra, y una vieja chaqueta de hombre con los codos agujereados. Miró fijamente los zapatos de las dos muchachas y luego sacudió sus pies el uno contra el otro, para tratar de calentarlos y de quitar el barro que los recubría.

—Es la bruja —susurró Helga cubriéndose la boca con el guante y empezando a reír.

También Eva rio, escondiendo instintivamente el medallón, el único objeto precioso que todavía tenía consigo; en verdad sabía que la bruja era solo una pobre señora a quien, mientras dormía, le habían robado los zapatos. Se había acomodado en su misma habitación, y noche tras noche se quedaba bajo la ventana, empujada hacia el rincón más frío; siempre estaba sola y casi no podía conseguir comida.

No siempre sufrir los mismos males, padecer el mismo sufrimiento y las mismas privaciones hace que las víctimas se acerquen más a quien viva una tragedia idéntica: todas esas personas amontonadas en pocos metros, obligadas a compartirlo todo, a veces se convierten en enemigas entre sí, y los gritos y las peleas se vuelven comunes.

La vieja se acercó a la esquina del techo, tomó un puñado de la nieve más cercana, aunque estaba sucia, y la metió en una taza de lata que tenía amarrada a la cintura con un cordón enredado y anudado varias veces. Antes de regresar abajo, volvió a mirar sus zapatos y presionó con la mano la nieve en la taza.

—¡Hey, mira hacia allá: regresó! —dijo Eva, indicando una sombra en movimiento sobre un techo cercano.

—El Joven Saltarín. Quién sabe qué encontró esta vez —respondió Helga, que habría querido que se acercara un poco más, para poder hablar con él; no podía verlo bien, porque se había escondido detrás de las chimeneas, probablemente para comer en paz lo que había encontrado, evitando que alguien le pidiera un pedazo. En el edificio, todos tenían hambre siempre, y el español les había recomendado salir solo en caso de extrema necesidad. Si querían vivir tenían que permanecer amontonados en ese edificio: para ellos, afuera solo había muerte.

Así era para todos, pero no para el Joven Saltarín: él pasaba por las claraboyas, se metía en los áticos y bajaba por las rampas de las escaleras hasta los sótanos. Seguramente, de vez en cuando también caminaba por la calle; ¿cómo saberlo?

—Helga, ¿estás encantada mirando a tu Amor Saltarín? —La amiga, sonriendo, le jaló las trenzas, que salían del gorro de lana.

—En verdad que eres boba. Miraba el Danubio.

—Pero el río está por allá —rio Eva—, y tú mirabas para el otro lado.

Helga bajó la mirada y se concentró obstinadamente en el parque, para recuperar la compostura. Un grupo de la Cruz Flechada atravesó corriendo la plaza, mientras algunos soldados patrullaban en las esquinas.

—¡Mira, ese es el carro de Lasca! —exclamó Eva, mientras las palabras de hace un momento morían entre sus labios.

Un soldado armado había detenido el auto con los banderines de España, y Perlasca, de pie al lado de la ventana del conductor, trataba de entender qué estaba pasando.

—¡Gastón, no te bajes del auto! —le ordenó al joven Tourné, apoyando la mano sobre la puerta—. Si el soldado te obliga a moverte, haces sonar el claxon. Voy a hablar con alguien que pueda decirme qué está sucediendo.

Ahora que la Cruz Flechada se había reagrupado sobre el lado opuesto del parque, quien había quedado para dirigir la operación en esta área era Tarpataki, un mayor húngaro de bigotes cuidadosamente arreglados y con el mismo uniforme impecable que Perlasca ya había visto durante una de sus visitas a las oficinas de la Policía.

—Buenas tardes —dijo Perlasca cuando todavía estaban a unos diez metros de distancia—. ¿Qué sucede?

El mayor estaba observando a sus hombres mientras estos revisaban un grupo de arbustos en busca de posibles fugitivos.

—Un grupo de judíos se alejó del gueto. La Cruz Flechada capturó tres sin las estrellas amarillas cosidas en su ropa.

Perlasca vio a los nazis húngaros que esposaban a los fugitivos.

—¿Qué pasará con ellos?

—No sé qué decirle; yo solo soy responsable de este barrio. —Tarpataki señaló hacia las casas a sus espaldas—. La Cruz Flechada se llevó incluso a un encargado del Ministerio de Asuntos Internos. Créame, yo no puedo hacer nada.

En su mirada había una tristeza real, y Perlasca sabía que, a pesar del aspecto rudo y el uniforme, Tarpataki era un buen hombre.

En ese momento, un gran arbusto siempreverde se agitó y dos figuras salieron de él manteniéndose en guardia. El mayor, por puro instinto de combatiente, extrajo la pistola que llevaba consigo, pero permaneció en silencio y no apuntó el arma contra la joven pareja, que trataba de alejarse a escondidas; el hombre logró llegar hasta un tronco lo suficientemente grueso como para ofrecerle protección, pero la mujer hizo un ruido que alarmó a un soldado particularmente entusiasta.

Perlasca escuchó claramente el sonido del fusil mientras era armado, antes de que el soldado apuntara contra la espalda de la mujer, listo para disparar.

Tarpataki, entonces, gritó precipitándose hacia la mujer:

—¡Deténgase, o disparo!

Ella se detuvo al instante, mientras el hombre salía lentamente de su escondite con las manos en alto. El soldado permaneció inmóvil, listo para disparar.

Eva y Helga, a salvo desde la terraza, contuvieron la respiración, a la espera de escuchar el golpe mortal. Helga, con los ojos cerrados, apretó con fuerza la mano de la amiga.

—¡Tráigalos aquí! —ordenó el mayor, y el soldado finalmente se decidió a bajar el arma; empujó a la pareja frente a Tarpataki exhibiendo una sonrisa de satisfacción.

—Mayor, ¿los entrego a la Cruz Flechada con los demás? —preguntó, con la mirada de quien espera un ascenso.

—No, soldado —dijo Tarpataki—. Los dos prisioneros serán entregados a la delegación de España. Son los dos españoles que el señor Perlasca estaba buscando. Escóltelos hasta ese auto, y asegúrese de que no intenten huir.

Tarpataki observó al grupo de la Cruz Flechada en la otra parte del parque, para tratar de prever sus reacciones, y luego se giró hacia Perlasca hablando en voz baja.

—Ahora trate de irse de inmediato, antes de que alguien se dé cuenta de que lo estoy ayudando.

Perlasca se tocó el sombrero.

—Cuando esta guerra termine (porque es obvio que pronto todo esto será solo una pesadilla del pasado), la gente se acordará de usted, de lo que ha hecho.

—Vaya, dejemos el sentimentalismo para otra ocasión. Cuando esta guerra termine, nadie querrá recordar lo que sucedió. Todos querrán olvidar y volver a la vida de siempre. Y es justamente lo que yo quiero hacer, si no me matan primero los alemanes o los rusos.

Tarpataki se giró hacia sus hombres y los reagrupó, mientras Perlasca caminaba velozmente hacia el carro.

—Ya puedes abrir los ojos —susurró Eva—. Ya todo terminó.

Desde lo alto, las dos jovencitas vieron a Perlasca empujar dentro del auto a la pareja recién salvada, y a la Cruz Flechada, alejarse con los otros prisioneros.

—Me pregunto qué les habrá dicho Lasca a los soldados para convencerlos de entregarle esos dos a él, y no a los nazis —susurró Eva.

—Yo esperaba escuchar los disparos y verlos muertos —agregó Helga, sin soltarle la mano.

El joven Tourné prendió las luces de conducción lenta, y volvió a meterse en el tráfico de la vía principal, mientras Perlasca continuaba al tanto de la situación a sus espaldas, y de los movimientos de la Cruz Flechada en el parque. Cuando se dio cuenta de que la mujer tenía el rostro manchado de sangre que le salía de un corte, le pasó un pañuelo.

—Todo terminó —trató de tranquilizarla. Pero sabía muy bien de que se trataba solo de una pausa: todavía no había terminado nada. El hombre le pasó un brazo alrededor del cuello y su rostro desapareció, rodeado por el abrazo.

Tan pronto como el carro se detuvo en el jardín de la casa de la calle Károly, llegó corriendo Kinga zapateando en sus zapatos de hombre, demasiado grandes para sus pies.

—¿Encontraste a mi madre? —preguntó con esperanza, tratando de ver a través de las ventanas; de hecho, Kinga pasaba casi todo el día junto al portón esperando verla aparecer de un momento a otro. Cuanto más pasaba el tiempo, menos probabilidades había de volver a ver viva a la mujer que había salido para buscar a la hermana; su marido lo sabía, y también comenzaba a sospecharlo la hija.

Cuando los dos nuevos huéspedes bajaron del auto, Kinga se alejó, desconsolada.

Sanz Briz, adiós

La noche del 30 de noviembre, Perlasca esperaba impaciente el regreso de Sanz Briz, porque necesitaba una carta muy especial, escrita por el mismísimo embajador; como siempre, cuando se sentía impaciente, fumaba nerviosamente apoyado en el marco de una ventana.

—Pero ¿cuándo regresa el embajador? —preguntó, cuando vio a la señora Tourné salir de su oficina.

—No sabría decirle. Debía recibir noticias muy importantes directamente de España.

—Me imagino que serán cosas muy importantes. —Perlasca consultó el reloj—. Ya es de noche, y nada que llega.

Ya había perdido todas las esperanzas de poder hablarle ese día, pero cuando se acercó a la ventana, con el cigarrillo encendido, escuchó el ruido inconfundible de la gran Ford que entraba en el jardín.

—Ya era hora —dijo, y se dirigió hacia las escaleras que llevaban al piso superior; sin embargo, apenas si alcanzó a ver una pierna del embajador que entraba en su oficina y cerraba rápidamente la puerta tras sus pasos.

—Tuvo que haber pasado algo —se lamentó la señora Tourné, y ni siquiera Perlasca osó interrumpirlo hasta que no fue, más tarde, el mismo embajador quien lo hizo llamar.

—Amigo mío, noticias terribles y grandes cambios. Esta noche se cierra la embajada. Oficialmente, España no tendrá nadie que la represente en Hungría. Mi nación..., la que se ha convertido en nuestra nación, a estas alturas —y aquí el embajador se permitió una pequeña sonrisa en su rostro preocupado— no quiere reconocer a la nueva Hungría, en manos de estos locos salvajes. Por lo tanto, nos vamos para Suiza, a un territorio neutral.

Los dos hombres se miraron a los ojos.

—Nuestra aventura termina aquí. Mañana por la mañana me iré y la noticia será oficial. Quería que usted fuera el primero en saberlo. Mis superiores me solicitan. Guardemos la bandera de España. Aquí cerramos, todo terminado. Un tren especial me llevará más allá de la frontera húngara, y desde allí, a Suiza, o quién sabe adónde.

Ángel Sanz Briz estiró la mano y tomó con fuerza la de Perlasca.

—Gracias por todo lo que ha hecho por... por nosotros.

Se giró bruscamente, soltando la mano del apretón, para agarrar algunos documentos y meterlos en una carpeta negra de cuero. Revisó otros y, luego de una rápida mirada, los botó a la chimenea encendida.

—Ah, obviamente, también pensé en usted: dentro de algunos días llegará un permiso de salida a su nombre. Le reservaré un lugar en un tren que salga para Suiza. Nos reencontraremos allá y, con un poco de paciencia y cautela, algún día podrá volver a Italia.

Se miraron de nuevo, en silencio. Perlasca había entendido perfectamente lo que estaba a punto de suceder, pero todavía no podía creerlo.

—Ahora, ¿me podría hacer el favor de llamar a la señora Tourné?... Tengo mucho trabajo que hacer, antes de abandonar este edificio que ha sido mi casa por tanto tiempo.

El embajador revisó otro paquete de documentos y empezó a separarlos; luego levantó la mirada hacia Perlasca, que se había quedado inmóvil frente al escritorio.

—¿No está contento? Finalmente regresa a casa. Hice todo lo posible: dentro de pocos días podrá subirse a un tren que lo sacará de toda esta locura.

—Sí: yo sé que hizo todo lo posible por mí, e incluso más. Y se lo agradezco, señor embajador, en serio.

—¿Y entonces, ¿qué pasa?

—Si mañana por la mañana se difunde la voz de que la Embajada de España cerró, ¿quién defenderá las casas protegidas? Todas las mujeres, los niños, los hombres que en este tiempo hemos ayudado, que recuperamos cuando eran arrestados... ¿qué pasará con ellos? Desde mañana, ¿quién los sacará de problemas?

El embajador revisó nuevamente los papeles que tenía entre los dedos.

—Tendrán que arreglárselas ellos solos... de una forma u otra, lo harán. Nosotros no podemos hacer nada más. Ya se ocuparán las demás delegaciones diplomáticas, la sueca o la suiza: ellos se quedan en Hungría.

—Usted sabe muy bien que entre los suecos, infortunadamente, no todos son como Wallenberg: hay muchos que no moverán ni un dedo por los judíos: es más, serán los primeros en venderlos a la Cruz Flechada y, seguro, hasta ganarán algo. —Perlasca se paró frente al embajador—. Y suiza... también usted conoce la historia de las visas clandestinas vendidas por los empleados...

—También está la Cruz Roja. Ellos encontrarán una forma de ayudar a los nuestros.

—La Cruz Roja hace lo que puede: logran solucionar algunos casos aislados, como el de los gemelos. Pero eso es diferente de estar en capacidad para poder proveer lo necesario para tres mil de un solo golpe: no lo lograrán. Además, para nadie es un misterio que los víveres de la Cruz Roja, en lugar de ser distribuidos, son vendidos en el mercado negro.

—Estos rumores no están confirmados. Perlasca, sea claro: ¿qué quiere de mí? ¿Que desobedezca? ¿Que me invente una política española a mi gusto?

Se quedaron mirándose sin palabras; finalmente se dieron la mano, a pesar de todo.

—Ya verá que las cosas se van a solucionar, Jorge: llegará su tren, y con los documentos que tiene a disposición regresará a casa. Buena suerte; aguante un poco más.

Perlasca salió de la oficina con la cabeza baja, mientras que el embajador llamaba dos veces a la señora Tourné. Tendría que haber estado feliz: llegarían los documentos, finalmente podría atravesar la frontera en uno de los pocos trenes que dejaban Hungría, y ni siquiera los alemanes podrían detenerlo. Pocos días, y habría llegado a Suiza: un país neutral, que no conocía la guerra; luego, de allí a casa, con su mujer, con sus amigos...

Sin embargo, no lograba sentirse feliz. Pensaba en Moshe, en Eva, en Helga, en todos los rostros y las vidas que había tenido al frente en estos días. Pensaba cuán fácil era morir en Budapest; especialmente, para los judíos. Pensaba en Kinga y su padre, en los campos de concentración, en la gente que desaparecía de noche y nadie volvía a saber nunca nada de ellos, en los trenes cargados de personas amontonadas como animales.

Se detuvo para mirar por la ventana: un transeúnte solitario desafiaba la neblina helada y los peligros escondidos en las esquinas de la ciudad.

¿Cómo podrían sobrevivir los niños?

La señora Tourné salió de prisa de la oficina, completamente pálida, y luego regresó con algunas cajas de cartón vacías; apenas si miró en dirección a Perlasca, que estaba apoyado en el marco de la ventana. Sin embargo, su hijo se le acercó y, susurrando, le preguntó:

—¿Usted también se va esta noche? ¿Al amanecer?

—No lo sé. Espero que me llamen cuando haya un tren disponible, Gastón —pero la voz se le cortó y se limitó a poner una mano encima del brazo del joven conductor—. Tendremos todo el tiempo para despedirnos.

Después se fue al jardín a caminar, para sacarse la tristeza que lo estaba devorando.

Al amanecer, cargaron las maletas del embajador y las cajas con documentos en el Ford. Cuando Sanz Briz bajó las escaleras por última vez, todos sus colaboradores estaban allí, alineados a lo largo de las escaleras para una última despedida. Abajo, junto a la puerta, lo esperaba Perlasca, con la solapa levantada y las manos en los bolsillos del abrigo.

—Y entonces... hasta pronto. —El embajador apretó todas las manos y desapareció dentro del auto.

Un minuto después, todo había terminado: apenas si se escuchaba el sonido del carro que se perdía por las vías de la ciudad, como si ya no fuera el mismo lugar, y todos ellos hubieran sido abandonados a un destino desesperado.

La gran bandera de España caía inmóvil, en el aire frío, sin viento.

¡Perdidos!

La mañana del 1 de diciembre, la Cruz Flechada no esperó ni siquiera a que el Sol saliera, detrás del velo espeso de las nubes, en el cielo de Budapest: cuando se difundió la noticia de que la Embajada de España había sido cerrada y de que Sanz Briz había partido, se dirigieron, con sus camiones, a la primera de las casas protegidas. Con los fusiles, tumbaron las puertas y reunieron a todos los judíos en el jardín interno y en la calle. Los que lograron llevar algo lo protegían como si fuera un tesoro preciosísimo. Y realmente era así: era claro que los estaban reuniendo para llevarlos a los campos, y que cada pequeño objeto, si no se lo quitaban, podía determinar su supervivencia o su muerte.

Los hombres armados se robaban todo lo que pareciera tener algún valor, listos para disparar ante la más mínima protesta.

Eva y Helga estaban tomadas de la mano cerca al grupo de niños, observando a escondidas a los asaltantes con las metralletas que empujaban a todos hacia la calle, para dividirlos en grupos y organizarlos en dos filas. Después de las primeras órdenes, bastaba con indicar un lugar en silencio, y las personas se movían por inercia: resignadas, se alineaban de a dos en dos detrás de la espalda de otros y se quedaban esperando.

No había ni un transeúnte, ni siquiera un auto. Solo los nazis armados y los habitantes de la casa protegida que apretaban contra su pecho las pocas cosas que habían podido salvar.

Algunos nazis habían subido hasta el techo del edificio de la plaza de San Esteban, donde Helga y Eva habían recogido tantas veces nieve para beber, y ahora arrastraban a la calle a todos los que se habían escondido. Gritaban y apuntaban los fusiles aun si no había necesidad, golpeaban sus botas contra el piso de los corredores y destruían todo lo que les quedaba a tiro.

Un nazi de pelo rojo y dientes manchados, para ver qué había en el bolso de Helga, no solo lo había abierto y ya, sino que lo había roto por la mitad y esparcido todo el contenido en las escaleras, pero sin encontrar nada que le interesara. También había revisado el hatillo que Eva tenía entre las manos, donde había conservado la última taza de la vajilla buena, y sin miramiento la destrozó. Luego se alejó y cogió una caja de carne de las manos de una mujer, antes de empujarla fuera de la fila.

En ese momento, Helga luchaba por no llorar, por no asustar aún más a los niños. Un sargento con la cabeza rapada y bigotes sutiles se reía al lado de una farola.

—Que empiecen a caminar hacia la estación. A los demás los subimos al camión, y luego los metemos a todos juntos al tren. ¿Entendido? —gritó a dos nazis que perdían el tiempo hurgando entre hatillos y maletas abiertas.

—¡Avancen! ¡Caminen, por acá! —el sargento le hizo una señal al grupo en el que estaban Helga y Eva, para que empezara a moverse.

Eva pasó un brazo alrededor de los hombros de la amiga, y juntas empezaron a caminar detrás de la fila que ya se movía.

—Quédense en la fila, niños —dijo Helga, con la voz temblorosa.

—¡No hablen! ¡Caminen, y ya! —gritó el sargento.

El grupo se movió, en una fila ordenada y silenciosa; se escuchaba cómo alguno lloraba a escondidas y los nazis lo callaban apuntándole con los fusiles. Detrás de ellos se escuchó el ruido de un motor que aceleraba; después, el sonido de voces y pasos. Eva se giró con esperanza, pero era solo el ruido del primer camión que llegaba a la entrada de la casa protegida: del exosto salía un humo negro y pesado, y el alto capó amplificaba el sonido ronco del motor que luchaba contra el frío.

—Lasca llegará y nos devolverá a la casa, a salvo —repitió para sí Eva, antes de apretar con fuerza el hombro de Helga. Y trató de sonreír.

La partida

Después de la despedida de Sanz Briz, Perlasca también recibió el aviso de estar preparado para su partida. Había regresado a la habitación que le había servido de casa en los últimos meses y había organizado el paquete de documentos que acababan de llegar sobre el armario, justo debajo del espejo fragmentado. Revisó una vez más que todo estuviera en orden: el pasaporte español, la carta falsa que demostraba que hacía dos años había hecho la solicitud de ciudadanía, un permiso para atravesar la frontera, otro documento que le permitiría subir al tren y partir, y dejar atrás Hungría, por fin…

Observando la pálida luz del día que iniciaba, pensó en Italia, en su casa, como si ya pudiera ver una parte de ella, entre las nubes, al occidente. Guardó las últimas cosas en la maleta, ya desgastada y claramente dañada en un costado, y jaló las correas que estaban a punto de reventarse.

Sin prisa. Quería tener todo el tiempo necesario para despedirse de la ciudad que había sido su casa durante casi dos años, antes de irse sin saber si algún día regresaría.

Salió a la calle y se dirigió hacia la embajada. Siguió imaginando cómo serían los días siguientes. Hurgó en los bolsillos del largo abrigo buscando un cigarrillo. El viaje sería largo y peligroso, pero su última meta sería Trieste: finalmente podría abrazar a su mujer, volver a ver a sus amigos, escuchar de nuevo el italiano, su verdadera lengua. Se iría de Budapest, de los asesinatos en la calle, de los arrestos, de las torturas que todos los días sucedían. Abandonaría para siempre esa pesadilla.

Volvió a prometerse que tan pronto como llegara a Ginebra, iría a despedirse de Sanz Briz y a agradecerle. Chocolate, el silencio de los bosques y nada de guerra: eso lo esperaba en Suiza. Desde allí pensaría cómo llegar a Italia. O tal vez sería más seguro que su Nerina llegara a Ginebra, quizá... ya llegaría el momento de pensar en eso.

Al llegar a la embajada, encontró a todo el personal esperándolo en el jardín, y entonces abandonó el hilo de sus pensamientos.

La señora Tourné se le acercó, con Gastón a su lado.

—También llegó el momento de la partida para usted, señor Perlasca. ¿Quién lo habría dicho? Tan de prisa...

—Eso parece. Debo esperar una llamada de confirmación. Señora, no sé cómo agradecerle, cómo agradecerles a todos. —Perlasca sabía que nunca se había sentido cómodo con los cumplidos: buscaba las palabras, pero no las encontraba.

La señora estiró la mano y murmuró:

—Entonces yo también le agradezco por todo lo que ha hecho por nosotros; así estamos a mano.

Uno a la vez, todos los demás quisieron despedirse. Finalmente bajó el abogado Farkas, poniéndose el abrigo sobre la chaqueta.

—Señor Perlasca: ¿parte usted, y ni quiera viene a despedirse de mí?

—Abogado: no me habría ido sin hacerlo.

Los dos sonrieron, y en aquel momento la guerra pareció un poco más lejana.

—¿Y usted qué hará?

—Me quedaré aquí: esta es mi ciudad. Trataré de ayudar a mi gente tanto como me sea posible. Usted regresa con los suyos y yo me quedo con los míos. —El abogado trató de sonreír una vez más, pero se notaba que estaba preocupado y no quería hablar del futuro—. ¿Necesita algo?

—No. Haré que me lleven hasta la oficina de los suecos. De acuerdo con las instrucciones de Sanz Briz, ellos se encargarán de mi regreso.

Permanecieron algunos segundos mirándose sin hablar.

—Entonces, buen viaje.

Los dos hombres se separaron. Perlasca se dio cuenta de que todos los demás se habían alejado para regresar a sus ocupaciones: él también se convertiría en parte del pasado, algo que había sucedido y ya no estaba. Incluso el Buick en el jardín, con los banderines de España, le generaba una densa nostalgia.

Trató de despojarse de todos estos pensamientos concentrándose en el pueblo de su infancia, Maserá, con los campos en los que jugaba cuando era niño; el café de Padua, donde se sentaba a la mesa con los amigos al aire libre; su casa en Trieste; la habitación donde su mujer lo estaba esperando…

Abrió el portón del jardín y volvió a salir. Un carro destartalado y sobrecargado pasó a toda velocidad y lo hizo sobresaltar; el portero, a sus espaldas, estaba atento a que nadie tratara de entrar en la embajada sin permiso, y estaba cerca de Perlasca como un ángel guardián: el mismo hombre que una vez había tratado de bloquearlo en las escaleras.

—Y entonces, señor Perlasca, ahora todo terminó.

—Sí. Creo que esta vez todo terminó.

En ese momento el conductor salió agitado de una puerta secundaria de la embajada y se precipitó hacia el Buick. En la carrera perdió su sombrero y tuvo que devolverse a recogerlo. Encendió el motor y terminó de abotonarse la chaqueta en el auto.

Perlasca y el portero miraron fijamente el auto que avanzaba hacia la puerta.

—Pero ¿qué sucede? —preguntó Perlasca, y como única respuesta apareció Farkas, con una carpeta de cuero semiabierta en la mano, y se metió en el auto que ya había hecho sonar el claxon dos veces, con impaciencia, para que le abrieran. Cuando la puerta se abrió, todavía el Buick se movía lentamente, porque el motor todavía estaba muy frío.

—Perlasca asomó la cabeza por la ventana del carro y preguntó:

— ¿Qué sucede?

—Las casas protegidas. Los soldados cogieron a todas las personas que estaban en la plaza de San Esteban y se las llevaron —dijo, agitado, Farkas.

El motor del auto empezaba a acelerarse y Farkas se alejó de la ventana, señal de que la conversación había terminado y tenía que partir de inmediato.

Velozmente, Perlasca pasó por delante del auto y se subió.

—¡Entonces, vámonos!

Farkas lo miró sin entender.

—Pero, ¿y su tren? ¡Si llega su llamada, no tendrá tiempo! No habrá más trenes en los próximos días…

—¡Vamos, movámonos! —Perlasca le dio un golpecito en el hombro al conductor, que pisó fuerte el acelerador e hizo que el auto se acelerara de improviso. La nieve congelada en la vía los hizo resbalar primero hacia la izquierda, y luego, hacia la parte opuesta, y que corrieran el riesgo de terminar en el andén. Luego de encaminarse con dificultad por el centro de la calle, se alejaron en una nube gris de humo.

El conductor atravesó el primer cruce con el motor a fondo y luego se metió por una calle angosta, pasando muy cerca de una carroza abandonada junto a la calle. Perlasca ya había vivido momentos así, de carrera contra el tiempo, cuando se había precipitado para llegar a la estación a tratar de recuperar a los protegidos de España. Sabía bien cuán importante era cada minuto, pero se vio obligado a darle un nuevo golpecito en el hombro al conductor, para invitarlo a bajar la velocidad.

—Solo falta que alguien nos detenga para preguntarnos adónde vamos tan de prisa y perdamos todo el día. Más despacio, pero sin exagerar.

—Perlasca, usted está loco. ¡Su tren partirá sin usted! —Farkas lo miró desde el asiento, aún incrédulo.

—¿Usted sabe adónde los llevaron? —preguntó el italiano, observando a las personas que caminaban en el andén, en busca de estrellas amarillas cosidas sobre la ropa.

La gran mentira

Los camiones, cargados de prisioneros encontrados en diferentes partes de la ciudad, se dirigían a la estación de policía para registrar los arrestos, antes de llevarlos a todos al tren. El sargento del último camión había visto el automóvil con los banderines de España alcanzarlos y organizarse detrás de su formación, a la espera de sobrepasarlos y ponerse a la cabeza del grupo.

—¡Una vez más estos españoles vienen a joder! Si fuera por mí, les dispararía sin hablar tanto.

El nazi de cabello rojo les apuntó con su fusil y descubrió sus dientes con un gesto, pero el sargento lo detuvo.

—¿Te enloqueciste? Quieres meterme en un problema… ¿cómo se dice? "¿Conflicto internacional?". Deja que se ocupen los jefes, y ahorra balas para después… ya verás que las vas a necesitar. Que se encargue el teniente: él es un oficial. Nosotros, los soldados, solo debemos obedecer órdenes. —Y se dio un golpe en la panza, justo donde había escondido dos candelabros de plata, encontrados en los hatillos de los judíos.

El Buick permaneció detrás del convoy, hasta que, un poco antes de la estación de policía, logró superar los camiones cargados de personas y fue a detenerse frente a la camioneta que guiaba a todo el grupo.

—¿Quién comanda aquí? —gritó en alemán Perlasca, bajando del auto.

—Los dos hombres de guardia a la entrada le apuntaron con sus armas, mientras que el teniente descendía perezosamente de la camioneta.

—Debo hablar con el comandante, porque esto que están haciendo es ilegal. Han sacado a estas personas —e indicó los camiones parqueados junto a ellos— de una casa protegida por España. Es una violación a los acuerdos.

—No ha habido ninguna violación a los acuerdos —dijo el teniente poniéndose los guantes y haciéndole un gesto al sargento para que hiciera descender a los prisioneros—. La Embajada de España en Budapest está oficialmente cerrada desde hoy; por lo tanto, nosotros tomamos en custodia a los judíos que estaban allá.

—¿Cómo se le ocurre decir que está "cerrada"? ¿La Embajada de España? —Perlasca exageró el tono de asombro en su voz.

Farkas bajó en silencio del auto de la embajada y se acercó asustado.

—El embajador Sanz Briz huyó; por lo tanto, la embajada está cerrada. Los españoles en Budapest ya no nos pueden decir qué hacer.

El teniente pasó por su lado, pensando que había prestado demasiada atención a ese hombre; se había detenido a darle esas breves explicaciones solo porque, en otras ocasiones, había visto a sus superiores hablar con él, y no quería problemas.

Perlasca exigió hablar con el comandante de la estación y el teniente les ordenó a los soldados que lo dejaran entrar. Subió las escaleras de a tres por paso y cruzó el corredor del sexto piso dando grandes zancadas, hasta la oficina del comandante, una pequeña habitación que apestaba a *grappa* y humo. El abogado Farkas trataba de seguir su paso como podía, apretando contra su pecho el maletín de cuero con los documentos de la embajada.

—¡¿Qué son estos modos?! —protestó el comandante cuando Perlasca interrumpió en la habitación, con Farkas siempre a sus espaldas.

—Comandante: estoy aquí para una protesta oficial. Esta mañana fueron capturados y transportados nuestros protegidos. Exijo una explicación de un acto que va en contra de los acuerdos entre el nuevo Gobierno de Hungría y la Embajada de España.

—Ya no existe ningún acuerdo: desde esta mañana, ya no existe la Embajada de España, y usted debería saberlo. Sanz Briz ha huido: no hay embajador, no hay embajada. Avíseles a los demás empleados; deben desocupar los edificios. Aquí está la comunicación del ministerio. Por este motivo, no puede haber más relaciones diplomáticas o acuerdo de ningún tipo entre mi nación y la suya, señor Jorge. España nos traicionó.

El oficial botó una hoja sobre el escritorio, para que Perlasca pudiera leerla, y se quedó mirándolo con enojo, apoyando los pies sobre el piso lleno de carpetas de cartón gris. El documento tenía un membrete oficial del Ministerio de Asuntos Internos de Hungría, con todas sus firmas y sus sellos. Jorge sintió cómo un velo de sudor se le formaba en la frente, mientras se daba cuenta de que ese simple pedazo de papel significaba la muerte de más de tres mil personas. Terminó de leer con atención cada línea, mientras que su cerebro trabajaba para encontrar una solución.

En ese punto, Perlasca habría podido inventar una justificación para la fuga de Sanz Briz, pero no habría servido de nada: para los húngaros, si España había retirado la embajada solamente significaba que ya no había más acuerdos, de ningún tipo, y que todos los protegidos serían arrestados, deportados o encerrados en ese infierno que era el gueto. Sintió una fuerte tentación de tomarse una pausa, para decidir qué hacer, para estudiar con calma la situación; la decisión estaba entre tratar de ganarse veinticuatro horas de tiempo o jugársela el todo por el todo.

Una mentira. Se le vino a la mente una mentira tan grande que podía pasar como cierta. Mientras más pensaba en eso, más le parecía que podía ser la única solución posible.

Sintió cómo lo recorría bajo la piel esa sensación que había olvidado hacía mucho tiempo, cuando estaba en el colegio y trataba de encontrar alguna justificación para evitar ser castigado, o aquella vez en la que su padre lo había sorprendido regresando tarde a casa, entrando a escondidas por la ventana. En aquella oportunidad se trataba de una mentira muy diferente: acababa de tomar la decisión de inventarse un nuevo yo.

Levantó la cabeza, miró fijamente a los ojos del comandante y dejó caer con disgusto el documento sobre el escritorio.

—No entiendo quién pudo haber enviado tal mentira: el embajador no huyó, en absoluto. Y me sorprende que exista un ministerio que haya podido creer una bestialidad semejante. ¿En serio creen que un embajador pueda, simplemente, escapar como un ladrón en la noche?

Mientras que la ligera sonrisa en la cara del húngaro desaparecía y sus pies volvían a tocar la tierra, Perlasca buscó la mirada de Farkas girando un poco la cabeza.

—Obviamente, es una noticia falsa: Sanz Briz fue requerido de inmediato en Berna, Suiza, para recibir instrucciones del Gobierno español. Tiene una larga serie de encuentros diplomáticos para discutir la situación de Hungría: de hecho, desde Suiza se trasladará a Berlín para asumir otras reuniones. ¿Usted cree que sea fácil poner en orden toda esta situación? ¡Hay una guerra en curso! Es un procedimiento diplomático que exige tiempo y una montaña de documentos y cartas oficiales. Y aquí, en Budapest, no funciona ni siquiera el teléfono; mucho menos, una línea internacional. ¿Cómo cree que sea posible contactarse con Madrid y con las demás embajadas europeas?

Perlasca levantó la voz, como si el ofendido hubiera sido él, como si el comandante hubiera sido el culpable de engañarlo con mentiras. De golpe, el oficial se quedó pensativo; dio una patada con fuerza bajo el escritorio, y mientras sus botas rayaban el piso, las palabras empezaron a atragantársele en la garganta.

—Un procedimiento diplomático, claro... es cierto, no es algo simple. Y las embajadas... sí: el teléfono no funciona ni siquiera para llamar al primer pueblo fuera de Budapest. Con los cañones rusos en las puertas, y entonces...

Perlasca vio con alegría cómo aparecían gruesas arrugas en el rostro del comandante, mientras con una mano se rascaba la cabeza en silencio. Miró directamente a los ojos del diplomático, pero su mirada permaneció estable, inocente, como si estuviera tan solo a la espera de recibir disculpas.

—Pero usted debe entender, señor Perlasca, que nosotros no podíamos saberlo... y, de todos modos, ahora no hay nadie que dirija la embajada y a quien poderse dirigir.

En este punto, Perlasca hizo un gesto de enojo. Extrajo del bolsillo de la chaqueta la tarjeta de la embajada española que Sanz Briz le había dado en el momento de su llegada, y lo dejó caer sobre el escritorio.

—Yo soy el funcionario a cargo de la embajada española. Desde hoy hasta el regreso del embajador, ustedes deben tratar conmigo: yo soy quien representa a España en Budapest. Los acuerdos que se establecieron con Sanz Briz no se modifican ni en una coma, porque son acuerdos entre naciones, no entre hombres. Si les parece necesario, pueden decirles a sus superiores que llamen a Madrid.

El abogado Farkas permaneció en silencio detrás de Perlasca. Sintió la necesidad de apoyarse en el marco de la puerta, como si estuviera a punto de desmayarse.

Perlasca volvió a coger la tarjeta y miró directo a los ojos al hombre que ahora estaba sentado y rígido en el escritorio. Sabía muy bien que desde Madrid no habrían confirmado nada, porque en la capital no sabían nada, pero también estaba seguro de que ninguna línea telefónica habría servido para conectarse con España en esos días. Y los soviéticos estaban en las puertas; solo necesitaba ganar tiempo.

—Es cierto. Voy a informar al Ministerio de Asuntos Internos húngaro para las formalidades. Mientras tanto, le ofrezco una disculpa por el malentendido. —El comandante se levantó y escribió velozmente algunas líneas para los soldados que esperaban abajo; luego extendió la mano hacia Perlasca, para disculparse—. Le aseguro, señor embajador, que todos los protegidos de España podrán regresar inmediatamente a las habitaciones de la plaza de San Esteban.

Una **extraña orquesta**

Los limpios zapatos de Perlasca bajaban los escalones de la estación de policía y sus ojos azules estudiaban detenidamente cada oficina y cada corredor, como si no tuviera miedo de nada; detrás de él venía el abogado Farkas, pálido y un poco encogido, con el maletín de los documentos apretado contra el pecho. Tan pronto como estuvieron de nuevo en la calle, le susurró a Perlasca:

—¿Sabe usted que si alguno de ellos llama a Madrid, le dirán que nadie conoce a Jorge Perlasca, y que al embajador se le ordenó regresar a España y que no volverá a Hungría? Lo sabe, ¿cierto?

—Lo sé perfectamente. En España nadie sabe lo que estamos haciendo aquí.

—Y ¿se da cuenta de que ni siquiera Sanz Briz puede ayudarlo, y de que si estos descubren que usted los engañó, lo fusilan, si le va bien?

—Oh, Farkas, yo sé esas cosas mejor que usted. Pero ¿qué puedo esperar en estos momentos si no es un poco de buena suerte? ¿Qué más nos queda? Aquí los teléfonos no funcionan desde hace semanas. ¿Usted cree que van a empezar a funcionar justamente hoy? Con todas las cosas que tienen que hacer estos locos, dentro de un par de días se les habrá olvidado todo.

—Sinceramente, espero que sea así.

—Mientras tanto, abogado, haga silencio, que está llegando el teniente. Lo más importante en este momento es recuperar a los nuestros.

Jorge inhaló profundamente para espantar el miedo que sentía crecer en su interior y se ajustó la chaqueta distraídamente, para tratar de bloquear el temblor de los dedos. El teniente se acercó, con una mano firme en su cintura, como si estuviera en un desfile de modas. Detrás de él trotaban el sargento y el nazi de cabello rojo, con dos rostros sonrientes y complacidos por el vino que habían bebido en la mañana.

—Y entonces, ¿le explicaron todo? ¿Está satisfecho? ¿Ya dejará de jodernos?

—Sí —Perlasca apenas si movió los labios y le puso frente al rostro el documento que acababa de recibir.

El rostro del teniente de inmediato se volvió serio y apretó los dientes, mientras los otros dos trataban de espiar el documento por sobre sus hombros.

—¡Sargento! —gritó girándose y caminando velozmente hacia la puerta de la entrada—. ¡Entréguele los prisioneros a este hombre!

El hombre de cabello rojo, que no había entendido nada de lo que estaba pasando, miró al sargento, y este se limitó a levantar los hombros y a gritarle que obedeciera inmediatamente.

—¿A todos? —preguntó, sorprendido.

—¿Escuchó lo que dijo el teniente? ¿Está sordo? ¡Baje a los prisioneros de los camiones, de inmediato! ¡Todos ellos son protegidos españoles! ¡Ubíquelos en el andén!

Farkas y Perlasca lo siguieron, para asegurarse de que ninguno se quedara en los camiones, mientras que el sargento se alejaba, tal vez por el miedo de que le exigieran devolver también lo que había robado.

—¡Tú no! —le dijo el nazi a un hombre de barba larga—: te capturamos en la calle.

—Él también es un protegido español: estaba afuera, pero es uno de nuestras casas. ¿Es necesario que regrese donde el comandante para que me lo escriba?

Con rabia, el soldado bajó la mirada y apretó el fusil, pero no protestó, hasta que el último de los prisioneros bajó del camión, sorprendido por tal suerte.

—Vámonos de aquí, rápido. Antes de que suceda algo —dijo Farkas, en un susurro—. Esta vez el *bluff* llegó demasiado lejos.

Mientras los protegidos se preparaban para tomar la calle de regreso, Perlasca se dio cuenta de que un grupo de mujeres y de hombres llamaban, entre llantos, a sus hijos por el nombre.

—Los prisioneros que llegan deben ser transferidos al gueto, sin trenes ni estaciones —gritó el teniente, que apareció de nuevo en una de las ventanas—. Los cerdos judíos son encerrados todos allá hasta nueva orden.

—¡Los niños! ¿Dónde están todos nuestros niños? —preguntó Perlasca.

El oficial fingió no haberlo escuchado, les hizo una señal a los conductores para que arrancaran y cerró la ventana.

Un soldado del ejército húngaro, tal vez conmovido por el llanto, esperó a que los camiones giraran y luego se acercó al español, para informarle que los niños se habían ido a pie a la estación, y que partirían con el último tren.

—¡Farkas! —gritó Perlasca antes de subirse al auto—. Tome este documento, y vaya con todo el grupo a la casa protegida. Que nadie se quede atrás por ningún motivo. Si los soldados los detienen por la calle, muéstreles el documento, y listo. Esperen allá; yo voy para la estación.

El Buick se movió con dificultad, deslizándose sobre el barro de la calle, de nuevo en una lucha contra el tiempo, en un intento de llegar a la estación antes de que fuera demasiado tarde.

Una lluvia mezclada con nieve había empezado a caer del cielo, que se había vuelto gris oscuro, como si se hubiera revestido de algún metal desconocido. Mientras el carro avanzaba hacia la estación, Perlasca miraba atentamente los andenes, observaba los rostros de los transeúntes, trataba de adivinar las marcas del paso del grupo. Dentro de su corazón se extendía como una mancha de aceite el miedo de que los niños, realmente, hubieran sido llevados al gueto.

El gueto común de Budapest era un lugar en el que decenas de miles de seres humanos, encerrados dentro de un barrio con las calles de acceso bloqueadas por muros, sin agua, ni gas, ni luz, ni leña, ni carbón, ni víveres ni medicinas, luchaban por no morir de hambre, de enfermedad o por los disparos de los nazis. Solo podía esperar que el soldado no le hubiera mentido, porque de allí habría sido muy difícil sacarlos.

Los niños habían sido obligados a caminar a paso veloz, por calles que no conocían, hasta la estación. Eva y Helga, que habían permanecido con ellos, a cada metro sentían crecer la angustia por lo que los esperaba; sin embargo trataron de controlar el llanto y ayudar a los más pequeños a subir a los vagones, para evitar que los soldados alemanes los cargaran a puños y patadas.

Perlasca caminó a lo largo de las bahías, sin prestarles atención a los soldados que se le acercaban amenazantes, y sin dejar de gritar:

—¡Todos los niños protegidos por España deben bajar inmediatamente de los vagones! Todos aquellos que están bajo la protección de la Embajada de España: ¡todos deben descender ya!

Los soldados, que habían visto el auto de alto cilindraje con los banderines de España, no le dispararon, aunque habrían querido hacerlo; uno de ellos decidió advertir a sus superiores, mientras Perlasca y el conductor eran mantenidos a tiro.

—¡Señor Jorge! ¡Señor Lasca, estamos aquí! —gritó Eva, asomándose en un vagón.

Perlasca le hizo un gesto de saludo con la mano y se quedó a la espera de que alguno de los soldados decidiera qué hacer.

"Si descubren que los engañé haciéndome pasar por el nuevo embajador, cuando el soldado salga de la oficina donde está la radio —pensó Perlasca observando los fusiles que le apuntaban—, me obligarán a subir al tren, y será el fin para todos nosotros".

Los minutos pasaban, y él estaba allí, de pie, al lado del tren que no podía partir. Los soldados esperaban las órdenes y él esperaba para saber si sobreviviría o si moriría.

—¡Helga, no mires para afuera, que aquí están los soldados! —susurro Eva a su compañera.

—¿Qué tal?, ¿tú acabas de mirar, y me dices a mí que me quede dentro?

—Pero es que yo quería ver a Jorge, porque escuché su voz.

—Yo también lo quiero ver —protestó Helga, que ya había olvidado las lágrimas de hace un momento.

—¿Qué te había dicho? Que él vendría salvarnos. Lo sabía —repitió Eva, tratando de escuchar qué estaban diciendo fuera del vagón.

Finalmente los hicieron bajar: todos, incluido un grupo de niños que no era parte de las casas protegidas. Perlasca los llamó con nombres que se inventaba en el momento, para hacerles creer a los soldados que los conocía a todos, y los empujaba hacia la salida de la estación, donde Eva y Helga los organizaban de nuevo en filas de a dos.

Perlasca tenía prisa, aunque no quería demostrarlo, pero cada tanto miraba nervioso hacia el edificio de la estación, con miedo de que saliera alguien de un grado elevado y los metiera a todos en el tren destinado a los campos. No podía olvidar la otra carrera de la estación y la pistola con la que le habían apuntado a la cabeza.

La fila, finalmente organizada, empezó a moverse de manera ordenada hacia la salida que llevaba a la calle. Justo mientras Perlasca, último de la fila, se alistaba para cerrar a sus espaldas la puerta de metal, dos soldados bloquearon al grupo de niños en la otra parte de la calle, y las dos niñas se giraron hacia él, con una silenciosa solicitud de ayuda: llegó hasta la cabeza del grupo dando grandes zancadas, con los puños cerrados, listo para exhibir de nuevo su gran mentira.

—No es necesario que revise los documentos: son protegidos de la embajada española.

—¿Cómo va, señor Perlasca? —la voz gruesa de Tarpataki se levantó desde la espalda de los militares y los sorprendió un poco a todos. El mayor hizo un rápido saludo militar, mientras Perlasca, que todavía no se reponía de la sorpresa, se limitó a murmurar algo.

—Adelante, prosigan —dijo Tarpataki dirigiéndole una mirada de tranquilidad.

Finalmente, el grupo se alejó de la estación y dejó a su espalda los sombríos vagones y a Tarpataki, que lo seguía con la mirada.

—¡Por acá! —gritó sonriendo Perlasca, cuando estuvieron lejos de los soldados, y de golpe aquello pareció casi un paseo.

—Sigamos al líder —dijo Helga mientras reía, con las manos metidas dentro de los bolsillos, para calentarlas; Eva la alcanzó haciendo una pequeña carrera, con la mirada fija en el andén, para evitar los charcos congelados.

—¿Qué te dije? —susurró Eva—, ¿no tenía razón? Llegó apenas para llevarnos a todos a casa.

—Tú sabes que yo lo había dicho primero.

Eva resopló fastidiada. Con ella siempre era así: nunca lograba hacer que admitiera que se había equivocado. Luego se giró para asegurarse de que incluso los más pequeños permanecieran con el grupo y no se distanciaran.

—Cansado, cansado y frío —se lamentaba un niño por un hatillo que apenas si había logrado traer entre sus brazos; pero Helga acaba de cargar a sus espaldas a una niña muy delgada.

—Ten paciencia, Tobías: ya llegará tu momento de subir…

Pero el pequeño no quería escuchar razones.

—¿Quién maúlla allá abajo? —preguntó Perlasca, haciendo una voz gruesa—. ¿Tal vez sea un gatico que se perdió? ¿Quién sabe cuántos cachorros habrá por estos lados?

Comenzó a cantar una canción; quien era señalado tenía que hacer el sonido de un animal.

—¡No se vale! —protestó Tobías—. Como soy el más pequeño, siempre tengo que hacer el sonido del cerdo.

—¿*Oink*? —preguntó Perlasca, con aire de sorpresa, y todos rieron.

—Pero, ¿quién llega al corral?... ¡El conejo!

Señaló por sorpresa a Eva, que empezó a reír ahora más, porque no sabía qué sonido debía hacer y se avergonzaba por sentirse tan observada. Todos empezaron a mover la nariz y los labios, como si fueran grandes conejos.

—¡La canción de la orquesta! —dijo ella en voz alta, y muchos de los pequeños la apoyaron gritando y riendo.

—¡Yo hago el tambor! —gritó Tobías, que parecía haber recuperado todas las energías.

Entonces Perlasca se aclaró la voz, e imitando a un gran director de orquesta, asignó a todos los instrumentos invisibles, buscando muy bien el nombre. Y luego comenzó:

—Llega el intérpret...

Después fue un continuo "violí-violí-violín" y "guitar-guitar-guitarra".

Tobías, que finalmente estaba contento, porque había logrado ser el tambor, inflaba los cachetes y repetía con un vozarrón "tambo-tambo-tambor", y agitaba los brazos como si tuviera que tocar una tambora gigantesca.

—¡Realmente parece que estuviéramos de paseo! —exclamó Helga, y abrazó a Perlasca, que en aquel momento estaba imitando el sonido de una flauta.

Nadie se lamentó en ningún momento por la larga caminata, y todos los niños llegaron sonriendo y cantando a la casa, mientras la noche cubría la ciudad.

La **masacre**

Mientras Navidad estaba a punto de llegar, la vida empeoraba día tras día. Los grupos armados de la Cruz Flechada querían mostrarles a los alemanes que eran aún más nazis que ellos; la situación era muy confusa y peligrosa, y los homicidios y las represalias, cada vez más frecuentes.

Las fuerzas del Ejército Rojo estaban rodeando la ciudad y las batallas entre tanques eran cada vez más feroces. Se escuchaban rumores frecuentes de que Szálasi estuviera preparando su fuga, mientras que Hitler había reiterado muchas veces a sus hombres que abandonar la ciudad no era una opción: *Festung Budapest* era una fortaleza que debía defender hasta el último hombre. Cada vez era más viable la hipótesis de una captura de todos los niños judíos y de su confinamiento en el gran gueto, donde todos los días morían centenares por hambre y enfermedades, mientras los sobrevivientes eran deportados a Alemania.

La mañana del 23 de diciembre, Perlasca se trasladó, junto a los diplomáticos de las otras delegaciones neutrales a la reunión citada por el nuncio apostólico para tratar de detener esta terrible operación. Luego de haber firmado la carta de protesta, Perlasca aprovechó para hablar a solas con el nuncio.

—Monseñor, tengo que confesarle un pecado —le susurró al religioso, asegurándose de que nadie lo estuviera escuchando.

—Debe de ser un pecado muy grande, si lo preocupa tanto en una situación como esta...

El religioso le hizo un gesto para que lo siguiera.

—Digamos que quisiera quitarme un peso de la conciencia —empezó Perlasca, luego de haberse arrodillado.

El hombre lo observó en silencio, entre la curiosidad y la sorpresa.

—Vea: yo no soy un verdadero diplomático. A decir verdad, ni siquiera soy español.

El nuncio abrió los ojos, incrédulo.

—¡Yo diría que es una mentira muy grande!

—Pero tiene una razón bondadosa —se justificó Perlasca—. En realidad, soy lombardo, así como usted.

El religioso se echó a reír con gracia.

—Si la causa es bondadosa, estas mentiras están permitidas. Entre lombardos nos entendemos... Pero no lo diga por ahí, ni siquiera a mi secretario: él no lo entendería.

—Sé que usted todavía puede comunicarse con Italia, y quisiera que le avisara a mi mujer si algo malo llegara a pasarme.

El nuncio asintió en silencio. Luego los dos se quedaron hablando hasta el momento de despedirse.

—La carta que hicimos hoy tal vez sirva para evitar una masacre, pero no nos ilusionemos con que todo se resuelva: otras atrocidades están gestándose alrededor de nosotros, y debemos estar atentos, como ovejas entre lobos —le dijo el nuncio, al momento de despedirse.

Esa misma noche, un pequeño convoy recorrió un tramo de la calle de Eötvös, pasó el portón de la embajada española y se detuvo con un chillido de frenos. Del primer vehículo descendió el nazi de cabello rojo, con la sonrisa maligna que le descubría los dientes manchados, y se dirigió en una pequeña carrera hacia la cabina del conductor del camión que seguía.

—¿Estás seguro de que este es el lugar? —preguntó el sargento asomándose por la ventana.

El joven hizo un breve gesto con la cabeza y luego dijo:

—¿Acaso importa? Un lugar es igual que otro.

Se abrió la puerta del último camión, y los judíos que acababan de ser recogidos en algunas casas protegidas observaron con curiosidad el Palacio Podmaniczky, frente al que se habían detenido.

El sargento intercambió unas pocas frases, en su alemán atropellado, con los dos soldados alemanes que viajaban con ellos.

—De ustedes, quien sea un protegido español o tenga parientes entre los protegidos de la Embajada de España puede bajar aquí —les gritó el hombre de cabello rojo a los ocupantes del camión.

Algunos integrantes de la Cruz Flechada se organizaron al lado de él y de los dos alemanes, creando una especie del corredor que impedía la fuga. Bajaron algunas mujeres con sus niños; y un hombre, que estaba ya en la orilla del camión, listo para bajar, se detuvo, al notar la sonrisa maliciosa del nazi. Una mamá con una niña en brazos trató de volver a subir al camión.

—¡Está bien, es suficiente! —gritó el sargento—. Los que bajaron, que se queden ahí: ya es muy tarde para cambiar de opinión.

Los dos vehículos se pusieron en marcha moviéndose algunos metros.

—¡Ustedes, avancen en fila! —gritó uno de la Cruz Flechada.

Tan pronto como las mujeres tomaron la mano de sus niños y se movieron algunos pasos, las armas automáticas dejaron salir ráfagas rabiosas y los proyectiles destrozaron los cuerpos, rompieron, a su vez, la calle y levantaron pedazos de yeso de los muros.

Con el humo aún saliendo de las armas y los cartuchos rebotando a sus pies, los hombres del pelotón de ejecución subieron nuevamente al camión y desaparecieron por la orilla del Danubio. En el piso quedó una fila de cuerpos inmóviles, manchada de sangre.

El primero en salir de la Embajada de España fue el portero, seguido por algunos hombres, que se quedaron congelados frente a la masacre que acababa de ocurrir: se arrodillaron sobre los cuerpos en busca de alguna señal de vida. Las mujeres, con un último gesto, habían tratado inútilmente de proteger a sus propios hijos; la madre en el piso, con la niña aún en sus brazos, le cubría los ojos con una mano, tratando de impedirle ver tanto horror. Todo el lugar estaba impregnado por el olor a sangre y pólvora.

El portero, con la voz temblorosa, llamó a Perlasca. Jorge, después de unas pocas frases, bajó el auricular: nadie había sobrevivido. Ese terrible gesto tenía todo el aire de ser una especie de advertencia: la orden de detenerse, de no inmiscuirse, de dejar todo así. Bajó la cabeza, derrumbado por la impotencia; no había nada que pudiera hacer, más que llorar.

El Joven Saltarín

DESDE ESE DÍA, LOS HABITANTES DE las casas protegidas ni siquiera osaban asomarse a la puerta, por el terror de ser llevados presos a la calle y cargados en un camión, o tirados en la orilla del Danubio; solo el Joven Saltarín se movía por la ciudad, pero él se movía sobre los techos. En el barrio, todos lo conocían.

Helga lo volvió a ver una mañana, cuando un tímido sol había logrado desvanecer la neblina; durante dos días, copos de nieve habían caído a través de la neblina que cubría las calles. Y ella había permanecido casi siempre encerrada en la habitación común. Sus padres habían logrado encontrar un puesto bastante bueno y tenían suficiente espacio: organizándose, lograban incluso dormir por turnos, aprovechando el metro y medio que cada uno tenía a disposición. Esta mañana, la frecuente pesadilla había interrumpido su sueño. No quería arriesgarse a volver a dormir y ahogarse una vez más en las aguas gélidas del Danubio, con esas personas encadenadas: prefería afrontar el viento de la mañana, con la esperanza de disfrutar de un poco de sol y de aire limpio. El frío era soportable, y de todas maneras era preferible a las peleas que estallaban cada vez con más frecuencia entre la gente de la casa, por la posesión de cualquier trapo para cubrirse las piernas o por conquistar los mejores espacios. En las habitaciones de la casa, las esquinas eran los lugares más codiciados, porque no había corrientes, y alrededor de estos a menudo surgían gritos y el sonido de algunos golpes...

Estaba tan fastidiada de todas aquellas peleas que prefería el viento frío de la terraza al aire caliente y húmedo, donde los adultos se comportaban como ciertos niños del jardín de su vieja escuela. Si su profesor de geometría hubiera podido ver aquellas peleas, seguro habría encontrado un nuevo significado para sus definiciones de esquinas y vértices: la esquina, en aquella habitación, no era la parte del piso comprendida entre dos semirrectas con un origen común, sino algo más parecido a la posesión de un castillo, de un tesoro.

Helga recordaba muy bien a aquel profesor delgado, de mirada severa y gafas a mitad, soportadas sobre su nariz; cuando, durante el verano, habían publicado la ley que ordenaba que todos los judíos debían dejar sus casas para vivir en el gueto común, con la estrella amarilla expuesta, él había sido uno de los primeros en mudarse.

—Una ley, aunque esté equivocada, sigue siendo una ley —había afirmado, llenando con cuidado dos grandes maletas y confiando su casa a su vecino—. Enviaré a alguien a recoger el resto, apenas toda esta locura termine.

Solo algunos días después se había subido, con el permiso de llevar solo una maleta, a un carro gigante, directo a Alemania. De allí, ya nunca regresó.

A Helga, ese profesor nunca le había agradado, porque quería que las preguntas se respondieran en clase exactamente con las mismas palabras que él había usado; y siempre había problemas cuando alguien cambiaba aunque fuera una coma. Pero en este momento le entristecía saber que había sido deportado.

Cuando alguno de los adultos usaba la palabra "campos" dentro de la casa protegida, siempre bajaba la voz, y sus padres no querían que nadie hablara de los campos de concentración cuando ella estaba presente. Pero ella sabía bien que allí iban a morir, aunque no lograba entender cómo era posible. También sus abuelos, que estaban en el campo, tenían campos, pero allá nunca había muerto nadie por exceso de trabajo; solamente el viejo perro, 'Zar', que había sido sepultado bajo el nogal. Al final del campo de maíz.

La jovencita se acurrucó en una esquina para disfrutar del sol, sin sentir mucho frío. Al exhalar parecía que fumara, y tenía mucha sed; con los dedos abiertos, rasguñó una parte del techo y se llevó a la boca una pequeña manotada de nieve. Comer nieve no era como tomar agua: no quitaba mucho la sed, siempre quedaban ganas de más; de hecho, solo algunos minutos después, agarró otra manotada y se la puso contra los labios, chupándola como si fuera un helado. Después también se puso la punta de los dedos en la boca, porque el frío le causaba dolor. Sabía que no debía chuparlos; especialmente cuando estaban fríos, porque la piel se le habría levantado alrededor de las uñas o en la mitad del pulpejo, como ya le había pasado antes, y entonces le habrían dolido mucho más..., pero servía un poco para olvidarse del hambre que le hacía doler la panza.

Una nube cubrió el Sol, que se había debilitado, y ella observó el cielo: seguramente se volvería a cubrir de niebla.

—¿Siempre estás en el techo? ¿También duermes aquí?

Frente a ella apareció el cuerpo del Joven Saltarín, cubriendo los rayos del Sol, incluso la neblina: estaba quieto, de pie, la observaba desde la orilla, con el ánimo de quien hace una broma.

Helga había observado tantas veces las líneas del techo su alrededor, con la esperanza de ver la figura del ágil jovencito; había esperado encontrarlo y soñado que algún día se habría acercado, quizá para invitarla a desayunar con él: habrían podido ir juntos más allá de la cornisa, treparse al techo de la casa vecina, y luego, saltando entre las terrazas, llegar hasta aquel techo tan alto que apenas si podía verse, para tener una bella merienda. Los dos solos.

Ella conocía muchísimas historias que había leído en los libros y se las habría podido contar sin parar: de héroes y de batallas, de hombres que les quitaban la cabeza a los monstruos, de ladrones que robaban a los ricos y se escondían en el bosque, de malos que eran derrotados y al final morían. Habrían comido y reído, mientras se contaban historias con un final feliz.

Y de repente, él estaba allí, frente a ella, pero no parecía tener ninguna intención de invitarla a desayunar: estaba allí con esa sonrisa sutil, como si quisiera hacerle una broma.

—Mi nombre es Stanislav, pero puedes llamarme Stanko.

El joven bajó y se sentó muy cerca, sobre el hatillo que llevaba consigo.

—Me parecía que estabas interesada en conocerme. El otro día también: te vi con tu amiga mirando hacia donde yo estaba. ¿Vives aquí en el techo?

—¡Pensé que era necesario presentarse para tener el derecho de hacer preguntas! —Helga lo miró molesta por algunos segundos, y luego le quitó la mirada.

—¿No estás contenta de conocer al famoso Joven Saltarín?

Quizá habrá tenido un año menos que ella, una nariz seca y larga que atravesaba casi todo su rostro, hasta detenerse justo antes del mentón, y cabello que parecía rubio, pero no podía estar segura, por lo sucio que estaba.

—Para que veas que no eres el único Joven Saltarín: hay por lo menos otro que está en otra casa protegida y atraviesa la plaza cuando quiere. Y tal vez, también toda la ciudad.

—Sí, puede ser; tal vez, somos una tribu. ¿Quién podría decirlo? —Stanislav tenía una voz que no le gustaba mucho, pero sus manos eran grandes y ágiles. Se veía que era un tipo que sabía salir bien librado de cualquier situación.

—¿Y el otro qué sabe hacer de especial?

—Ah, yo no lo conozco. —Helga se acomodó mejor en su esquina, porque había vuelto a empezar a soplar un viento helado (que por lo menos mantenía alejada la neblina)—. Pero cuando va a ver a sus amigas, siempre desayunan juntos, sobre los techos, extienden un gran mantel limpio en medio de las chimeneas.

Stanislav tanteó su hatillo y después expulsó el aire de su nariz.

—Si extienden un mantel limpio junto a la chimenea, no permanecerá blanco por mucho tiempo, puedes creerme. Ah, y astutos...

Helga se encerró en un silencio ofendido y observó el cielo. Sin motivo, salían de sus ojos lágrimas que quemaban, más que el hielo que le congelaba los dedos.

—¿Puedo saber tu nombre? —Stanislav se le había acercado mucho más, de un pequeño salto.

—Helga.

—Ah; conozco otra Helga que estaba en una casa protegida de Suiza. Pero la transfirieron, con todos los otros habitantes, al gueto común. La Cruz Flechada lleva para allá a todos los judíos, y todos los días llevan más y más.

—¿Y por qué? —susurró Helga.

—Eso no lo sé, pero estoy seguro de que yo allá no voy. Todo el gueto está rodeado, y no se puede salir ni siquiera por los techos. No quiero permanecer encerrado en un lugar, sin una vía de escape. Y ¿tú?

Antes de que Helga lograra responder, su atención fue capturada por lo que estaba sucediendo abajo en la plaza, desde donde se escuchaban las voces de un grupo de hombres, tal vez borrachos. Stanislav se había movido por un momento, para observar a través del techo.

—Cruz Flechada —dijo con odio.

Los pocos transeúntes se alejaron del centro de la calle cambiando de dirección para no cruzarse con ellos; otros se detuvieron observando un muro o un portón, para darles el tiempo de pasar y alejarse. Algún otro los saludó alzando el brazo y exclamando: "¡Hermanos!"

—Es una mala señal —murmuró Stanislav.

El joven permanecía recostado contra la pared; cuando Helga encontró el coraje para mirar de nuevo, asomó apenas la cabeza, por miedo a ser vista.

La Cruz Flechada estaba empujando a un grupo de hombres y mujeres hacia el río: estaban amarrados con cadenas de dos en dos. Al final de la fila había un hombre y una niña; el hombre no caminaba muy velozmente; entonces, un integrante de la Cruz Flechada lo golpeó en la cabeza, y le sacó a volar la pipa de la boca.

Helga empezó a castañear, sin lograr controlarse. Todo sucedía como en su pesadilla, solo que era otra niña la que estaba en su lugar. Kinga y su padre habían sido capturados a pocos pasos de su casa protegida, mientras estaban afuera ocupados en su inútil búsqueda: ahora también ellos eran empujados junto a los otros hacia el río. Como si estuviera hipnotizada, Helga siguió mirando el grupo que era conducido a punta de fusil hacia la orilla del Danubio. La pipa había sido recogida furtivamente por alguno y había terminado en el bolsillo de un abrigo militar; Kinga tenía la cabeza baja y trataba de mantener el paso.

—Los últimos son dos protegidos españoles, el hombre y la niña. A él le vendí el tabaco para la pipa hace solo dos días. Los están llevando al río —susurró Stanislav.

Alguien abajo les gritó a los prisioneros que se quitaran los zapatos, y algún otro los insultó para que lo hicieran deprisa. Una mujer empezó a llorar fuerte. La Cruz Flechada la obligó a arrodillarse junto a la orilla, con la mirada dirigida hacia la corriente que transportaba enormes bloques de hielo. El hombre tomó la mano de su hija, sintiendo cómo la cadena penetraba en su carne, y juntos miraron para arriba. Algunas nubes oscuras atravesaban el cielo pálido, como escombros metálicos que en silencio eran alejados.

Kinga sintió el terror entumecerle las piernas, adormecerse sus músculos, lacerarse sus pies descalzos sobre la piedra de la orilla. Tenía tanto miedo que ni siquiera lograba llorar.

En lugar del sonido del motor del carro de Jorge, llegaron los sonidos de los disparos: aislados, un golpe después del otro, como estallidos. La Cruz Flechada disparaba un solo proyectil a la cabeza por pareja: el prisionero impactado caía al río y arrastraba consigo, al agua helada, al compañero aún vivo, al que estaba atado con la cadena de hierro. Con una sola bala mataban dos personas: un ahorro de tiempo y de municiones.

Cuando el golpe de la pistola explotó tan cerca de su cabeza, Kinga se asombró por no haber sentido ningún dolor. Simplemente, cayó en el agua helada, con los ojos muy abiertos, mientras el cuerpo de su padre, ya inmóvil, la arrastraba a la profundidad de la corriente, hacia el fondo del río. Luchó durante algunos segundos, tratando de impulsarse hacia la luz, hacia el aire, pero el abrigo pesado del agua la hundió cada vez más. En su cuerpo, paralizado por el frío, entraron gotas de agua que le quemaron la nariz y le llenaron los pulmones. Descendiendo continuamente, se durmió en la oscuridad.

Helga volvió a abrir los ojos y vio las manchas blancas teñidas de rojo, que flotaban en el Danubio, los cuerpos humanos atados de dos en dos, mezclándose con el hielo.

Luego, silencio.

La realidad había incluso superado las pesadillas.

Los hombres armados se fueron.

En la orilla manchada de sangre solo quedó una larga fila de zapatos.

Helga ni siquiera logró gritar. Se giró con la boca abierta hacia Stanislav, pero él ya había desaparecido entre las chimeneas.

Un extraño cortejo

Pasaron los días, y el dinero para comprar comida se había terminado, como la gasolina en el tanque del Buick, como el agua en los tubos de los edificios, como las esperanzas de aquellos que pasaban los días encerrados dentro de las casas protegidas esperando que todo finalmente terminara.

En la ciudad, los palacios monumentales se habían transformado en fortalezas armadas: para contrarrestar la avanzada de los soviéticos, habían permanecido cincuenta mil soldados alemanes, aliados de tal vez cien mil entre soldados húngaros y miembros de la Cruz Flechada, junto a los ochocientos mil civiles que tenían como rehenes. Szálasi, a pesar de la orden de Hitler de resistir a toda costa, había huido de la capital.

El conductor tocó a la puerta de la oficina de Perlasca y luego entró, seguido por Gastón.

—Revisé los tanques del carro y los tanques de reserva, pero no hay ni siquiera una gota de gasolina. Ni en la embajada ni en los alrededores. Es posible que en toda Budapest queden apenas unos pocos litros, sin contar con la de los soldados o las reservas que los alemanes tienen guardadas en las estaciones ferroviarias.

Perlasca se acomodó el cuello de la camisa, se ajustó la corbata con un gesto habitual y se dirigió hacia el archivo, donde tenía la lista de las necesidades de la casa.

—¿Y entonces? —preguntó yendo hacia el corredor.

—Y entonces... —El conductor observó sorprendido al hijo de la señora Tourné—. Entonces esta mañana no es posible recorrer las casas protegidas, como usted había proyectado.

Jorge salió de la oficina leyendo en baja voz un documento escrito en un papel muy sutil.

—Eso ni siquiera es una opción. Debemos llevar los medicamentos y las visas a los recién llegados de la otra parte de la ciudad. Vaya a buscar la bandera, la bandera grande que está al lado del retrato, abajo. Y usted, mi joven Tourné, si no es mucha molestia, deme la bolsa y vaya a buscar los dos paquetes de víveres que prepararon para hoy.

Pocos minutos después, de la Embajada de España salió un extraño cortejo: el conductor que iba delante con una bandera española enorme, grande como una sábana amarilla y roja; detrás iba Perlasca con la cabeza en alto, imperturbable como si estuviera en un desfile; y cerrando la fila, el hijo de la señora Tourné llevaba con esfuerzo la preciosa carga que sería distribuida en las casas protegidas. Más que el nuevo embajador, Jorge parecía un guerrero medieval que salía de su castillo, con el fiel escudero y la bandera de la casa que reinaba y lo precedía.

Los pocos transeúntes se detuvieron para cederle el paso y bajaron la voz, cuando atravesaron el primer cruce; dos soldados húngaros, encargados de revisar documentos, se pusieron firmes e hicieron un saludo militar, pero Perlasca ni siquiera se dignó mirarlos.

Llegaron a una curva cerrada. Resonó el golpe de un fusil. La pequeña procesión se detuvo un momento y las tres cabezas se giraron hacia la derecha y hacia la izquierda tratando de entender desde dónde habían disparado.

—Tal vez sea mejor cambiar de calle... —susurró Gastón, desde el fondo de la fila.

—No nos dispararon a nosotros —dijo Perlasca dirigiéndose al conductor, quien se había girado a la espera de órdenes—. Retomemos nuestro camino, antes de que alguien sospeche.

Mientras marchaba frente a un edificio blanco con esculturas de estuco claro alrededor de las ventanas, ninguno de ellos se dio cuenta del cuerpo acurrucado a poca distancia: estaba casi incrustado entre una mala imitación de un árbol y las bases del palacio. Ni siquiera si se hubieran detenido a observar habrían reconocido, envuelto entre aquellos harapos, los miembros delgados y largos de un joven que estaba habituado a moverse por los techos de la ciudad sin llevar la estrella amarilla obligatoria, que retaba los toques de queda y el frío, que regresaba cada noche con un pequeño tesoro de comida. Que comía solamente junto a las chimeneas, desde que sus padres y su pequeña hermanita habían sido cargados en el tren que iba rumbo a Auschwitz, y que no quería ser encerrado en el gueto. Que no lograba perdonar a nadie por aquello que les habían hecho a él y a las personas que amaba.

Mientras el extravagante cortejo seguía, una calle más allá un soldado se movió, con el fusil que aún echaba humo.

Había seguido con la mirada el cuerpo mientras caía, y ahora se había apoyado en unos tablones de madera para asegurarse de que estuviera muerto, de que esos trapos entre la basura no se pudieran volver a mover nunca. Hundió la punta del fusil en el pecho delgado y luego se fue, con una sonrisa malvada y complacida en los labios.

La cabeza del muerto había quedado apoyada junto a su rodilla: parecía que durmiera bocabajo, como un flaco murciélago; solo un poco de sangre había salido del pecho y se había coagulado a lo largo del rostro, como una lágrima oscura que iba hacia arriba. Su cuerpo se enfrió de inmediato, y lo conservó en esa posición poco natural. Nadie había visto cuando el soldado le había disparado desde la calle, como se le dispara a un cuervo que viene a robar el grano. Y tampoco nadie lo había visto caer. Pero se había escuchado el sonido seco del disparo que lo había atrapado en la orilla del techo: un solo disparo, y Stanislav, el Joven Saltarín, se había precipitado desde el techo y caído en el callejón en esa posición tan extraña incluso para él, que sabía acomodarse entre las pocas chimeneas que aún humeaban, para calentarse un poco.

Aquel día nadie lloró por Stanko, que nunca se habría convertido en hombre; mucho menos, aquel soldado al que no se podía llamar *hombre*.

Cuando Perlasca y sus acompañantes entraron en el jardín de la primera casa protegida, el líder de la casa y los ancianos bajaron velozmente las escaleras, como para recibir una importante delegación extranjera.

—¿Qué sucede? —preguntó, preocupado y atemorizado, el primero que osó hablar—. Escuchamos un disparo. ¿Por qué traen la bandera?

—Nada; se nos acabó la gasolina —respondió Perlasca con una gran sonrisa, sin imaginar aquello que acaba de suceder a unos cien metros de ellos.

Entonces todos soltaron un suspiro de tranquilidad, y aquellos que se habían asomado al jardín interno aplaudieron, mientras los tres saludaban con la mano.

—Señor Perlasca, usted hará que le dé un infarto a su pobre amigo —dijo el líder de la casa llevándose una mano al pecho, como un actor de teatro—. Los soldados habrían podido detenerlo y arrestarlo. E, incluso, dispararle.

—¿Estás bromeando? Incluso nos han ofrecido honores militares, con saludo y todo el resto.

Perlasca entregó la poca comida que había logrado llevar en la bolsa negra —y afectando sus propios ahorros, teniendo en cuenta que el dinero de la caja común de la embajada también se había terminado; no sabía por cuánto tiempo más lograrían mantenerse, pero no consideraba que fuera necesario poner al tanto de los problemas de gestión de las casas protegidas a esas pequeñas comunidades afligidas.

—Probablemente no podremos pasar en algunos días: en este momento los rusos ya entraron a Budapest, y será imposible moverse por la ciudad, incluso para los antiguos caballeros medievales —sonrió Perlasca, pero se entendía que incluso él tenía miedo.

—Ahora todos disparan contra todos: quizás este es el momento más peligroso. No se confíe demasiado, ni siquiera de los rusos.

Perlasca le hizo un gesto al conductor para retomar la bandera y se dirigió de nuevo a los hombres reunidos junto al portón.

—Señores, hasta ahora la Embajada de España ha estado en capacidad de defenderlos, pero ahora considero mi deber comunicarles que el desarrollo de los eventos hará mucho más insegura su protección. La ciudad está rodeada, el nazismo está viviendo sus últimas horas, ya no hay más autoridades y aún no sé a quién dirigirme en caso de violencia. Y tengo miedo de que la violencia se desborde en la ciudad. Es posible que yo no pueda hacer nada por ustedes. Hace un mes les pedí que hicieran desaparecer las armas: ahora les pido que las tengan listas para defenderse.

Puso la mano sobre el hombro del hombre que tenía cerca y luego se giró para irse.

—¡Pero llegamos vivos hasta el final de la guerra! —gritó el líder de la casa.

Perlasca, antes de salir detrás de la bandera, se giró y sonrió, saludando a los niños que se asomaban desde los balcones y lo llamaban por su nombre.

—¡Chao, Lasca! —gritó fuerte Eva, que apenas si había logrado meterse entre dos hombres.

Vajna

EN LOS PRIMEROS DÍAS DE ENERO, Budapest se había transformado en una trampa para ratones, donde los ratones enloquecían de vez en cuando bajo el bombardeo incesante de la artillería soviética: mientras la armada soviética incrementaba el asedio de la ciudad, los líderes de los nazis húngaros se escondían en la profundidad de los subterráneos antiaéreos, como ratas famélicas, para discutir estrategias alternativas y sobrevivir en caso de una derrota.

Entre los nazis se difundió la idea de que necesitaban aprovechar el poco de tiempo ahorrado para llevar a cabo la última gran venganza en la lucha contra los judíos: quedaban pocos días para eliminarlos a todos, antes de que los soviéticos tomaran Budapest. Incluso a Perlasca llegaron los rumores confusos de un plan de la Cruz Flechada para reunir a todos los judíos en el gueto común sirviéndose, incluso, de los militares y los policías húngaros.

—Todos hablan de eso, señor Perlasca, es una cosa segura —le dijo Bardòs, un joven protegido que, desde cuando las líneas telefónicas se habían vuelto casi absolutamente inútiles, frecuentemente servía de estafeta moviéndose de los entre las casas y la embajada, retando las bombas que caían del cielo y los caminos bloqueados—. Todos los judíos que permanecen en las casas protegidas de varias naciones muy pronto serán transferidos al gueto común. Se lo confirmaron al líder de nuestra casa los dos policías que Tarpataki nos mandó para protegernos.

—Es imposible: habrá al menos quince mil protegidos en las casas de todas las embajadas. El gueto común ya está sobrepoblado y no podrá recibir tantas personas. Son rumores sin fundamento.

—Nos encierran allá porque nos quieren asesinar a todos, hasta el último —dijo con firmeza el mensajero.

—No es posible. Además, con los rusos en las puertas de Budapest, ni siquiera la Cruz Flechada puede ser tan estúpida para usar a sus combatientes del frente de batalla para transferirlos al gueto: se trata de recoger miles de personas en decenas de casas, no es cuestión de un par de horas... vuelve a la casa y tranquilízalos a todos.

Cuando Bardòs se fue, Jorge se quedó pensativo, de pie frente al que alguna vez fue el escritorio del verdadero embajador del Gobierno español. En realidad, no pasaba ni una hora en la que no se escucharan disparos de artillería desde diferentes partes de la ciudad, y no podía descartar que el gobierno nazi estuviera planeando algo terrible antes de su inminente derrota.

Ni siquiera se entendían entre alemanes, Cruz Flechada, Policía y Ejército húngaros, en esos días tan confusos y agitados...

No obstante, por lo menos había un hombre en quien Perlasca podía confiar: Tarpataki.

El mayor húngaro le confirmó que la idea de transferir a todos los judíos que permanecen en la ciudad al gueto común estaba circulando en aquellas horas, y que al comando de Budapest había quedado Vajna, un loco sediento de venganza, para quien cualquier hipótesis, incluso la más horrible, era perfectamente posible.

El 4 de enero empezaron a desfilar por las calles grupos de hombres, mujeres y niños, llevados directamente al gueto común. Perlasca siguió al grupo hasta la entrada, protegida por soldados armados, mientras las vías de acceso cercanas habían sido cerradas con muros de concreto.

Más allá de las rejas, un millar de cadáveres yacían abandonados a lo largo de las calles: seres humanos asesinados por el hambre, por las enfermedades; otros, asesinados durante las incursiones nocturnas de la Cruz Flechada.

Los soldados húngaros que patrullaban la zona parecían desinteresarse de todo lo que estaba sucediendo a un centenar de metros de ellos y se limitaban a observar los prisioneros que eran conducidos allá adentro.

Era la confirmación de la peor de las hipótesis. Perlasca regresó a la embajada, donde encontró al joven Bardòs, que lo esperaba.

—¿Ahora está convencido, embajador? Vajna quiere reunir a todos los judíos en el gueto, para luego incendiarlo. Ya todos lo saben. En dos casas protegidas nos armamos y estamos listos para resistir.

Perlasca sabía bien con qué armas estaban dotados sus protegidos y conocía la barbarie de la Cruz Flechada y su organización: sería un enfrentamiento desigual, incluso por el número. Quizá, si alguien de la Policía o del Ejército húngaro se aliara con ellos…

—Bardòs, esperen dos días más, antes de moverse, ¿está bien? Trataré de hablar con Vajna.

En el mismo momento en el que hizo esa promesa, Perlasca se dio cuenta de qué riesgos implicaba, pero al menos sirvió para tranquilizar a su joven estafeta, que regresó a la casa protegida.

Al día siguiente, fue el mismo Tarpataki quien se acercó a la embajada a confirmarle el fundamento de los rumores sobre el plan de incendiar el gueto y sobre la llegada inminente de la ayuda alemana.

—Es el fin —murmuró Jorge, mirando a la señora Tourné.

—Los quemarán vivos en el gueto.

En sus ojos se dibujó la visión inconcebible de cien mil seres humanos que ardían entre las casas en llamas del gueto, atrapados sin posibilidades de huir.

¿Realmente era posible enfrentar el mal con la simple fuerza de una mentira, sin importar su potencia?

A la mañana del 6 de enero, cuando Perlasca llegó a los refugios subterráneos del ayuntamiento, donde Vajna había transferido la sede de su comando, encontró que Wallenberg y un diplomático suizo ya estaban allá, a la espera de ser recibidos para tratar de impedir el traslado al gueto de sus últimos protegidos, mientras llegaba el eco de los disparos que caían alrededor del edificio.

—Decidieron incendiar el gueto —les informó Perlasca, pero entendió, por sus expresiones, que ellos ya estaban al tanto—. Si me lo permiten, quisiera hablar primero con Vajna. Quisiera hacer un último intento.

Los otros dos aceptaron y luego intercambiaron las últimas noticias de la situación de la ciudad.

—Budapest tiene las horas contadas —dijo Wallenberg—. La armada alemana no logró contrarrestar el asedio y se está retirando, mientras que los rusos ya pasaron al menos un puente y entraron en la ciudad aprovechando la nieve y toda esta niebla espesa.

—Desde mi ventana no se ve ni siquiera un soldado alemán desde hace días —agregó el suizo, bajando la voz—. Todos desaparecieron.

En este momento, Perlasca fue llevado a una habitación al lado de la sala de informes aéreos, a cargo del más fanático nazi húngaro. Vajna lo saludó tratando de dirigirse en alemán a quien creía que era el embajador español.

Discutieron por casi dos horas. Vajna trató de negar que la Cruz Flechada quisiera reunir a todos los hebreos en el gueto para luego incendiarlo: proclamó que la armada alemana ya había llegado a apoyar a sus hombres, y que el rescate estaba cerca.

—Aunque los rusos controlen el aeropuerto, los refuerzos están garantizados por un puente aéreo. Estos diablos alemanes harán aterrizar sus aviones en las calles de nuestra ciudad, y los aviones de transporte, en el parque del Castillo de Buda y en el campo del hipódromo. Reunimos a todos los judíos en el gueto para evitar que lleven a cabo acciones de sabotaje contra nosotros o contra nuestros aliados alemanes, que están luchando para hacer retroceder a los rusos. ¡Nosotros no pronunciaremos nunca la palabra "rendición"!

Como ya había hecho con Gera, Perlasca lo dejó hablar sin interrumpirlo, hasta que agregó, con voz calmada:

—La batalla en Budapest ya terminó. Dentro de pocos días, tal vez horas, el Ejército Rojo de los rusos llegará hasta aquí, porque ya pasó el Danubio en varios puntos. Usted no puede creer que llegarán los alemanes a salvarlo: sus ejércitos se están retirando. Si se comporta con honor con los judíos, tendrá a su disposición, justo atravesando esta puerta, la diplomacia de Suiza y la de Suecia, además de la española, para facilitar las operaciones de rendición.

Vajna pareció pensar un poco al respecto, pero luego retomó el mismo tono con el que había empezado.

—Usted no conoce la maldad de los judíos..., sin embargo, podemos transferir a los protegidos españoles. Hay algunas casas justo afuera del gueto.

Perlasca sabía muy bien que así, si la Cruz Flechada llegaba a recibir la orden de incendiar, igualmente morirían todos. Cruzó las piernas tratando de contener la rabia que sentía crecerle por dentro, frente a una persona tan odiosa.

—No puedo aceptar su propuesta. Los alemanes ya dijeron que la idea de reunir en el gueto a todos los judíos es suya. La culpa de haber quemado vivos más de ochenta mil seres humanos recaerá solo y exclusivamente sobre su cabeza: tendrá que encontrar muy buenos argumentos para explicar esta decisión a los vencedores.

Perlasca se dio cuenta de que Vajna había tenido un pequeño gesto de miedo en su voz y no había logrado contradecirlo; entonces decidió jugar su última carta.

—Le aviso que, en caso de maltratar a los ciudadanos (y los protegidos de las casas españolas lo son para todos los efectos), el Gobierno español actuará en justa represalia contra los... cerca de tres mil ciudadanos húngaros actualmente presentes en suelo ibérico: se dará la orden de encerrarlos y sus bienes serán expropiados. Estoy seguro de que no bendecirán su nombre. Madrid solo está esperando mi telegrama para informar sobre el resultado de nuestra reunión, antes de actuar.

Vajna tuvo un sobresalto: se levantó y lanzó la silla a sus espaldas gritando:

—¡Usted no habla como un diplomático!

—En esos términos, ¡usted tampoco se comporta como un soldado!

Los dos habían perdido el control, y ahora se enfrentaban de pie, a lado y lado del escritorio.

Vajna volvió a sentarse en primer lugar.

—¿Quién me asegura que los húngaros no serán perseguidos en España?

—Me parece que hasta ahora nadie los ha molestado nunca, ni en España ni en aquellos países de América Latina con los que mi gobierno tiene relaciones muy cercanas.

Jorge se sentó en silencio, pensando que quizá los húngaros en España no debían ser más de trescientos; sin embargo, no era la primera vez que confundía trescientos con tres mil.

Perlasca salió del búnker del ayuntamiento sin ningún documento de garantía, pero mostró toda su confianza a los dos diplomáticos que lo acompañaron a la entrada.

Al día siguiente, 7 de enero, un asombrado Farkas recibió en la embajada un encargo de Vajna y corrió a la oficina del embajador.

—¿Qué quieres? —preguntó Perlasca apagando el cigarrillo.

—El texto de un telegrama que, según él, deben enviar a Madrid —respondió el abogado, pálido y afectado—. ¿Qué hacemos? ¡En Madrid no saben nada de nuestro acuerdo y de lo que estamos haciendo aquí! Y, sobre todo, no saben quién es usted. ¡Si reciben un telegrama de este tipo, seguramente se descubrirá nuestro *bluff*!

Con calma, Perlasca escribió un breve comunicado. Le pidió a Farkas que lo corrigiera y luego escribió con cuidado la dirección:

MINISTERIO DE ASUNTOS EXTERNOS,
MADRID, A TRAVÉS DE LA EMBAJADA
ESPAÑOLA DE BERNA

—Esperemos que Sanz Briz lo lea y lo entienda —susurró Perlasca, con un nudo en el estómago. Metió con atención la hoja en un sobre, para entregarlo al soldado que esperaba en el primer piso.

El 13 de enero, inesperadamente, le llegó a Vajna, directamente desde Madrid, una respuesta oficial, que le agradecía y lo tranquilizaba.

Los soviéticos en Budapest

El 16 de enero de 1945, en Budapest se disparaba desde cada casa. Incluso el subsuelo era un campo de combate: a lo largo de los túneles del alcantarillado, alemanes y soviéticos movilizaban sus tropas para tomar por sorpresa al enemigo, y los encuentros en aquellas galerías oscuras eran violentísimos.

Los que podían se escondían en los sótanos de los edificios: algunos judíos incluso se habían encerrado construyendo muros, para evitar que los alemanes o los nazis húngaros los fusilaran justo el último día de la guerra. Muchos soldados húngaros empezaron a rendirse.

En la calle tronaba un rugido amenazante. Aparecieron de golpe, detrás de la esquina de la calle de la embajada, los primeros tanques soviéticos, con los exostos que expulsaban densas nubes de humo negro, mientras con sus tractores oruga pasaban por encima de cualquier obstáculo y las torretas giraban, antes de hacer tronar el largo cañón que sobresalía hacia delante.

En todo el barrio no había ni un solo alemán, pero se escuchaban las ráfagas de las metralletas soviéticas destrozando en pedazos Eötvös, y los proyectiles que rebotaban contra los muros de los edificios. Un soldado soviético repetía con un megáfono en un húngaro atropellado: "Estamos llegando; sean fuertes, resistan un poco más".

Farkas bajó a la sala con un documento escrito a máquina y reunió a todo el personal que quedaba en la embajada. Estaba muy tenso, nervioso; miraba a su alrededor cada disparo que provenía del exterior, pero no quería mostrar miedo. Les propuso a todos firmar un documento escrito en francés, que él llamó "Solemne declaración de reconocimiento".

Farkas era uno de los pocos que sabían que Perlasca nunca había sido ni embajador ni viceembajador —en realidad, nunca había sido ni siquiera español—. La entrada de los soviéticos a Budapest lo habría obligado a volver a ser un simple italiano, perdido dentro de una guerra terrible y confusa: un documento escrito que respaldaba sus méritos le habría sido útil para salir vivo de esta situación.

—Aquí está. Esta es la carta de agradecimiento de todos nosotros. Con la esperanza de que pueda servirle con los rusos.

Farkas alcanzó a Perlasca junto a la chimenea y le entregó el documento.

—Todos la firmaron con gusto.

—¿Usted también cree que las desgracias todavía no han terminado?

Farkas lo miró mientras recogía un paquete de documentos comprometedores y los lanzaba al fuego.

—Usted no sabe de lo que son capaces los rusos, Perlasca. No serán muy diferentes de los alemanes, de los nazis húngaros, italianos o españoles... Para ellos, todos somos enemigos y espías.

—¿Ya ordenó que se recogieran todas las banderas españolas?

—Están abajo en el jardín, listas para ser quemadas, y ya hice que expusieran la sueca, que los rusos reconocen. Sé que algunos protegidos guardaron un pedazo, como recuerdo, pero yo no tuve el corazón: me parece una ofensa.

—Me podría dar una mano para hacer desaparecer algunos papeles, antes de que lleguen los rusos. —Perlasca encendió el fuego de la chimenea. Los disparos de la artillería se sentían cada vez más fuertes, y algunos explotaban a pocos centenares de metros de ellos.

—Hagamos esto velozmente y pongámonos a salvo con los demás, en el sótano —dijo Farkas, mientras una parte de la fachada de un edificio cercano se derrumbaba sobre el andén.

Perlasca escondió en el bolsillo interno el pasaporte español y la tarjeta diplomática; prefirió tener a la mano un documento en ruso que lo reconocía como italiano, fiel al gobierno del rey, y bajó detrás del abogado.

Mientras, los soviéticos estaban instalando un puesto de artillería justo en la vía del frente y el comando en la portería del edificio de la embajada.

Esos soldados, que hacía solo unas horas habían saludado alegremente a los protegidos gritando "¡*Szervusz!*", ahora se escondían con las armas en la mano, en las habitaciones y los corredores de la sede diplomática mirando con sospecha a Farkas, Perlasca y a todos los demás.

En los sótanos del edificio se habían unido a los protegidos españoles, los vigilantes, los funcionarios de otras sedes y personas comunes, que buscaban protección en el momento más incierto y confuso de la guerra. Ya nadie sonreía. Cada uno había encontrado para sí una esquina en la que podía estar sentado o un pedazo del muro en el que podía apoyarse: las miradas apuntaban al piso, los cuerpos se sobresaltaban ante cada nuevo disparo de los cañones o ante el eco de las ráfagas de metralletas que llegaba hasta el sótano.

Cuando una mujer trató de salir del sótano, el soldado con la metralleta le hizo un gesto para que regresara dentro, como apuntándole con el arma.

—Más que liberados, creo que somos prisioneros —susurro Farkas pasándose una mano sobre el rostro sudoroso.

Un rugido aún más fuerte de una explosión hizo temblar el edificio desde sus bases: los alemanes le habían dado a la estación de los camiones soviéticos.

Perlasca extrajo velozmente el pasaporte y la tarjeta diplomática del bolsillo interno y, junto a otros documentos comprometedores, los metió en el pequeño horno que servía para cocinar, en una esquina del sótano, justo un momento antes de que los soviéticos bajaran, gritando y golpeando a todos.

—¡Nazis!, ¡nazis! —fueron las únicas palabras comprensibles, antes de que todos empezaran a gritar.

Uno de los funcionarios que habían encontrado refugio en el último momento señaló a Perlasca, y el sargento llegó hasta él empujando a cualquiera que se atravesara en su camino.

Perlasca se giró hacia una mujer, que hablaba ruso y español, pero antes de poder decir alguna palabra, fue golpeado con la cacha de la pistola, en la cara y en la cabeza.

El sargento le puso la pistola en la boca y apretó el gatillo tres veces antes de golpearlo con el arma, que, afortunadamente, estaba descargada.

—Dice que somos nazis y que les dijimos a los alemanes dónde están los cañones —explicó la mujer entre llantos, tratando de evitar los golpes que los soldados les estaban dando a todos, incluidos los niños y las mujeres.

Perlasca trató de explicar que no tenían radio y desde hacía días no tenían electricidad, mientras una mancha de sangre le salía de la boca.

—¡No sabemos nada! ¡Siempre hemos permanecido en este sótano! ¡No le hemos avisado a nadie!

Entonces un soldado descargó a los pies de los dos una caja que tenía algunas pistolas perfectamente conservadas.

—¿Y esto? —El sargento soviético estaba enloquecido, mientras los soldados apuntaban los fusiles contra las cabezas de los refugiados.

—¡Esto estaba escondido entre el carbón! ¡Ahora mismo los fusilamos a todos, como traidores y espías, amigos de los nazis!

—¡Los nazis han tratado de matarnos a todos! —gritó Perlasca.

Luego, recobrando la calma, continuó:

—Esa es una colección de armas de un diplomático que huyó. Si siguen buscando en la pila de carbón, encontrarán otra caja, con pistolas antiguas. No son nuestras; ni siquiera tenemos las municiones. ¡Farkas, explíquele usted!

El abogado estaba muy pálido y cubierto de sudor, con el rostro amoratado y la nariz sangrante, a punto de tener una crisis nerviosa. Con la boquilla de un fusil que le presionaba las sienes, empezó a explicar lentamente, buscando con atención las palabras más adecuadas y tratando de mostrarles donde estaba escondida la segunda caja.

Apenas la abrieron, los soviéticos se calmaron. Cuando Perlasca les mostró dónde reposaban las últimas botellas de licor, se relajaron completamente. Mientras tanto, Jorge buscó la mirada de Farkas, pero no lo vio entre los rostros tensos de los demás.

A pesar del ruido de los disparos que continuó llegando del exterior, la atmósfera se tranquilizó. Mientras los soviéticos regresaban arriba, el portero le avisó a Perlasca que Farkas había logrado huir, en la confusión que se había creado, junto a los vigilantes, y que probablemente había encontrado un refugio más seguro pasando por los techos. Perlasca se dejó caer sobre una silla deforme, con un suspiro de tranquilidad.

Así como el Joven Saltarín, también el buen abogado Farkas buscó la salvación y la vida en los techos, pero allí encontró la muerte. Lo descubrieron al día siguiente. En su caso no fue ningún disparo: fue suficiente con calcular mal la distancia de un salto, la inclinación de un techo y el agarre de la suela de sus zapatos sobre las tejas congeladas para caerse y terminar destrozado en el pequeño jardín de una casa vecina, con los ojos llenos de miedo por la crueldad de los hombres y el corazón incapaz de comprenderla.

A la mañana siguiente, el 17 de enero de 1945, un batallón de infantería soviética tomó posesión del edificio. Los soldados borrachos empezaron a destruir todo y a disparar contra los muebles y los transeúntes; algunos de ellos trataron de capturar a las muchachas que se escondían o a las mujeres que habían salido de los refugios. Luego la situación se calmó.

—Es el momento de irse de aquí —dijo Perlasca dirigiéndose a aquellos que habían permanecido en el edificio de la calle Eötvös—. La batalla ya no es aquí. Buena suerte a todos.

En pocos minutos, casi todos abandonaron el último refugio y se dispersaron por las calles de la ciudad tratando de sobrevivir aún un poco hasta la paz definitiva, hasta el regreso a la normalidad. La señora Tourné y el joven Gastón abrazaron a Perlasca, pero eligieron quedarse allí, junto a la familia del portero.

Tan pronto como salió, Jorge empezó a correr muy cerca de las paredes, sin mirar atrás, tratando de no pensar en nada. Atravesó calles repletas de cadáveres y cráteres dejados por las granadas, pero frente a sus ojos solo tenía la imagen de su casa, en Trieste. Pasó la noche en el apartamento de un sastre italiano, y a la mañana siguiente inició nuevamente su fuga: corrió, apretando contra el pecho lo poco que le quedaba, hasta que sintió el impacto de un francotirador soviético, que había disparado al muro sobre su cabeza. Se lanzó detrás de una pared destruida, donde dos escalones llevaban a una puertecita de hierro, mientras un segundo disparo rebotaba contra el pavimento. Después de algunos minutos, desde allí abajo, con la bolsa levantada para proteger su cabeza, se atrevió a mirar.

Un viejo, al otro lado de la calle, no había tenido su misma suerte: ahora estaba tendido en la tierra, con el cuerpo sacudido por los últimos temblores.

Permaneció quieto allí tal vez una hora o más: no tenía un reloj y el cielo de la tarde parecía inmóvil, de un gris uniforme y aburrido de lo que sucedía en la ciudad subyacente, aún llena de disparos y explosiones.

Una patrulla de soldados se acercó a su escondite y le ordenó salir apuntándole con sus fusiles: no logró entender lo que le estaban diciendo, pero no parecían borrachos.

Con las manos alzadas sobre la cabeza, movió las piernas anquilosadas para salir de su posición y mostró su documento; uno de ellos le hizo entender que estaba arrestado y le indicó un grupo de húngaros que, vigilados por algunos soldados, excavaba en los cúmulos de nieve y quitaban los cadáveres congelados de las calles.

Perlasca comenzó su nuevo trabajo acercándose al cuerpo del viejo que había visto morir en el andén opuesto al de donde él estaba.

Adiós, **Budapest**

Los cadáveres habían sido apilados ordenadamente junto a una farola. Luego la guardia les hizo la señal de unirse a un grupo de prisioneros que estaban limpiando los escombros de un edificio derrumbado, en la otra parte del cruce. Perlasca se inclinó obediente y se dirigió hacia ellos, pero apenas atravesó la calle, pasando detrás de un cúmulo de nieve, desapareció.

Después de haber logrado escapar de los trabajos forzados, se escondió hasta que su posición no se aclaró y obtuvo un documento que le permitía dejar Hungría. Cuando llegó el momento de partir (era mayo de 1945), la estación ferroviaria de Budapest había sido reabierta; llegó a la plataforma acompañado de algunos amigos, y allí encontró una pequeña multitud, gente que se había reunido para despedirlo. Constató, con tristeza que, entre tantos rostros a su alrededor, faltaba el de Tarpataki, el líder de la Policía política del barrio del gueto internacional. Tantas veces estos dos hombres se habían encontrado en los días más peligrosos de los últimos meses, tratando de salvar otras vidas, de todas las formas posibles.

Perlasca esperaba con todo el corazón que la carta que había enviado unos meses atrás a los soviéticos hubiera sido útil para salvar la vida de aquel hombre. Tarpataki había usado su uniforme para hacer el bien: se había arriesgado para arrancar de las manos de sus propios colegas a los judíos arrestados y en varias ocasiones había mantenido a los nazis lejos de las casas protegidas —existían testimonios que habrían podido confirmarlo—. Ahora, con la llegada de los soviéticos, aquel húngaro valiente arriesgaba de nuevo su propia vida a causa del uniforme que vestía. La falta de noticias alimentaba en Perlasca los pensamientos más tristes.

Se quedó quieto por un momento, cerca del tren que estaba a punto de partir: había adelgazado mucho y su rostro era tan pálido que parecía que estuviera enfermo. Algunos lo llamaban "Jorge"; otros, "Lasca", o "señor Perlasca"; incluso, había aparecido un artículo en el periódico con la noticia de su partida. Lo abrazaron muchos, y él solamente sonreía, confundido y cansado, tomando aire sobre algunos escombros que habían sido recogidos en una esquina.

Detrás de él, alguien tomó una foto; uno de los inquilinos de la plaza de San Esteban le entregó una nota, pero él estaba muy emocionado para leerla frente a todos. Levantó la mano para despedirse, se giró por última vez y se encaminó hacia los vagones, solo con su maleta semivacía en una mano y el sombrero en la cabeza. Para las personas reunidas a lo largo de la plataforma había llegado el momento de decirle adiós, pero la emoción les impedía moverse: se quedaron mirándolo elevarse sobre todas las personas que caminaban hacia el tren, hasta que desapareció.

Una pareja que estaba quieta frente al escalón del vagón buscaba entre la multitud la causa de tanto alboroto.

—Pero, ¿estás segura? —preguntó el hombre.

—Sí: ¡está en nuestro mismo tren, te lo aseguro! ¡El embajador de España! Toda esa gente está aquí por él, pero no logro verlo —se lamentó el hombre.

—Imagínate si va en este tren. ¡Tendrá un vagón especial, con banderines y policía!... ¿Acaso crees que un diplomático pueda viajar como todos nosotros?

—Permiso —dijo gentilmente Giorgio Perlasca subiendo al tren que lo llevaría hasta Bucarest. Desde allí, llegaría a Sofía, y luego a Estambul, para embarcarse finalmente para Nápoles. Desde ese momento, ya no existiría ningún Jorge Per Lasca.

Hundido en la silla, miró la estación destruida y la gente que se despedía desde el andén. Cuando el tren se movió, sin dejar que los demás pasajeros lo vieran, leyó la nota que le habían entregado.

Señor:

Recibimos con tristeza su partida de Hungría y su regreso a su patria. En esta ocasión, quisiéramos expresarle con afecto, el reconocimiento y la estima de miles de judíos que se encontraban bajo la protección de la embajada española.

Nunca olvidaremos que trabajó incansablemente, día y noche, para que tuviéramos un techo sobre nuestras cabezas y comida en nuestros platos, con una ternura que no logramos expresar con palabras.

Nunca olvidaremos que muchas veces le dio ánimos a quien había perdido la esperanza, y actuó en defensa de nuestros intereses con la más grande sabiduría, el más grande coraje, incluso cuando nuestra situación era absolutamente desesperanzadora.

Sabemos que muchas veces arriesgó su propia vida para salvarnos de las manos de los asesinos.

Su nombre será recordado por siempre en nuestras oraciones, y le rogaremos a Dios que lo bendiga, porque solamente él puede recompensarlo.

Le rogamos, por favor, que conserve nuestro recuerdo con el mismo afecto que nosotros conservaremos el suyo.

Se permitió una sonrisa y un suspiro; luego miró por la ventana. La aventura de Budapest terminaba allí, en ese preciso instante; ahora comenzaba el regreso a casa.

En cada parada, una mujer anciana, con la cabeza baja, lloraba suavemente y rogaba a Dios que los soviéticos no la hicieran bajar del tren; él, en cambio, bajaba de prisa para tratar de intercambiar algo por un poco de comida, regateando con la gente que esperaba a lo largo de la plataforma. Camisas, corbatas... en cada parada, su maleta se desocupaba más y más, hasta casi desaparecer.

Unos diez días después, cuando finalmente el tren llegó a Edirne, Perlasca le preguntó al hombre que dormía a su lado:

—¿Estamos en Turquía?

El hombre respondió que sí, pero él les repitió la pregunta a la pareja de italianos que habían viajado con él, a un joven que hablaba un poco de turco, a una señora medio dormida, y a todos los que lo miraran.

—La próxima parada es Estambul —le aseguró un tipo, mientras una mujer, que había rezado todo el viaje, alzó las manos al cielo.

Entonces él se soltó a llorar, sin poder detenerse. Y luego empezó a reír sin razón.

—No tengo ni un peso; tampoco tengo más camisas para vender, tengo hambre... ¡pero estoy vivo!

Sus compañeros de viaje también rieron, mirando por la ventana el futuro que se acercaba.

El árbol junto al desierto

24 DE SEPTIEMBRE DE 1989.

Hoy, en los límites de Jerusalén, un pequeño árbol está a punto de ser plantado en el interior del *Yad Vashem*, en el Jardín de los Justos, en honor a uno de ellos: Giorgio Perlasca, como se lee en la placa.

Una leyenda del Talmud cuenta que Dios no destruyó el mundo, aunque estaba lleno de gente mala, porque en cada momento de la historia del ser humano vivieron sobre la Tierra treinta y seis *justos*: son hombres y mujeres que, simplemente, no soportan las injusticias. Nadie conoce sus nombres, y ellos mismos mucho menos saben que son de los justos. No son héroes que quieren eliminar todo el mal de la faz de la Tierra, sino que se conforman con realizar pequeñas cosas, incluso poniendo en riesgo su propia vida. No buscan el reconocimiento, no buscan la gloria.

En su nombre se siembra un árbol: una vida a cambio de las vidas que salvaron.

El aire de septiembre está inundado de un perfume particular, mientras el pequeño árbol recibe la última palada de tierra. Solo él lo siente, muy adentro de su tronco, que de hoy en adelante se hará cada vez más robusto y fuerte: sus raíces se hundirán en la tierra, decididas a resistir, a no rendirse, a mantener el recuerdo de aquel que fue.

Helga se acerca a la tierra removida, a la espera, como todos los demás. Finalmente, el falso embajador español aparece, y entonces está allí, junto a ellos, sin saber dónde poner las manos, y acaricia con los dedos la solapa de la chaqueta. Fue necesaria la terquedad de Eva y de su marido, que lo buscaron durante tanto tiempo, hasta encontrarlo en su casa, en Padua, cuando todos creían que estaba en España.

Giorgio Perlasca había logrado llegar a Trieste. Finalmente, había vuelto a abrazar a su mujer, Nerina, y, poco a poco, pedazo tras pedazo, había empezado a reinventarse una vida. Aquel que, durante un tiempo, en Hungría, fue llamado "Jorge", o "Lasca" o "señor embajador", una vez regresó a Italia descubrió que lo habían despedido de la empresa de la cual era empleado, porque no se había presentado a trabajar. Cualquier intento de explicar fue inútil: su puesto se lo habían asignado a cualquier otro.

Aunque solo algunos meses antes habría parecido imposible, la vida había vuelto a transcurrir con normalidad, llena de pequeñas preocupaciones y alegrías. Tuvo muchísimos trabajos: se convirtió en inspector de la empresa de gas, luego quedó desempleado otra vez y luego fue el director de un restaurante de autoservicio. Se preocupó cuando el dinero parecía poco y se alegró cuando nació su hijo, Franco. Era un hombre que bromeaba con sus amigos en el bar, jugando cartas, y con quienes le gustaba hablar, pero había decidido no hablar nunca más de lo que había pasado durante la guerra.

Eva lo encontró y le llevó regalos de Hungría, los únicos objetos de la familia que había logrado salvar de la guerra: una taza y el pequeño medallón que siempre había llevado en el cuello. Perlasca no los quería aceptar:

—Son recuerdos demasiado importantes: es todo lo que te queda de tu familia. No puedo. Son para tus hijos y tus nietos.

—¡Es justamente por eso por lo que quiero que usted los tenga! —respondió Eva.

—Si no hubiera fingido ser el embajador español, hoy yo no tendría hijos ni nietos.

Así, desde ese día, la familia Perlasca, sus vecinos y todo el mundo supieron de la gran mentira que salvó a miles de personas en Hungría.

Jorge tiene la mirada baja. Se mueve lentamente, conmovido por la multitud que se reunió para rendirle honores. Observa el pequeño árbol. Se escuda insistiendo en que no hizo nada especial, y que cualquier otro en su lugar habría hecho lo mismo. Los observa a todos, pero no reconoce en aquellos rostros ninguno de los niños de entonces: ahora todos son hombres y mujeres.

Moshe ya no se ocupa de renos amarillos y azules, sino que es veterinario en África, en una reserva creada para proteger jirafas y grandes herbívoros.

La vieja señora de la casa de San Esteban, a la que le habían robado los zapatos, se trasladó aquí con su hijo, y se dedica a cultivar el desierto y a volverlo un lugar mejor para vivir.

Una de las niñas de la calle Pannonia, que durante dos años ni siquiera vio una pizca de azúcar refinada, se convirtió en una pastelera inglesa famosa por la mejor torta Dobos de la ciudad y por sus rosales trepadores, de los que vive particularmente orgullosa.

Tobías, que cuando regresaban de la estación había interpretado el "tambo-tambo-tambor", ahora repara por lo menos la mitad de los grifos dañados de una pequeña ciudad en los campos de Argentina; y una niña, que sobrevivió encerrada en un sótano, para terminar la escuela le compró a su hijo un cachorro beagle.

Los miles de vidas salvadas por Perlasca se esparcieron como pétalos de flores por el mundo, continuaron con su propia existencia, se dedicaron a inventar otro sí, porque aún estaban vivos; tal vez, pensando una y otra vez en la terrible oscuridad que habían dejado a sus espaldas, vieron una vez más la luz de aquellos ojos claros y la sonrisa del falso embajador de España.

Helga se casó con un pintor húngaro a quien conoció en Francia y se convirtió en su fuente absoluta de inspiración; juntos se fueron a vivir a Estados Unidos, aunque de vez en cuando regresa la pesadilla de ser arrojada en el agua gélida del Danubio. Mira a su alrededor y tiene la impresión de que, junto a ella, entre los vivos, llegaron también las sombras de aquellos que ya no estaban: por ejemplo, Stanislav, el Joven Saltarín, a horcajadas en una rama baja; el señor que ahora recogía una pequeña piedra negra quizá es el mismo hombre que fue arrojado desde un quinto piso en la calle Foenix; la que está en pie, bajo la sombra, seguramente es Kinga, agarrada de la mano de su padre. Detrás de ella, tantos rostros —algunos, nítidos; otros, un poco desenfocados— que temblaban por el viento que llegaba del mar.

Helga hoy está aquí para recordar a la persona que la salvó, pero no puede olvidar a Stanko, Kinga y los miles de zapatos que quedaron alineados a lo largo de la orilla del Danubio.

No quiere olvidar.

Tampoco los olviden ustedes.

Giorgio Perlasca
Como, 31 de enero de 1910 - Padua, 15 de agosto de 1992.

Una **memoria de Franco Perlasca**

Queridos jóvenes:

A través de este libro conocerán la figura, pero, sobre todo, el ejemplo de vida que dejó Giorgio Perlasca. Ya pasaron setenta años desde la tragedia de la *Shoah*, y puede parecer un hecho lejano en el tiempo, ¡casi para un libro de historia! Y entonces, ¿por qué recordar este suceso?

El primer motivo lo da, justamente, Giorgio Perlasca, con una respuesta al periodista Goivanni Minoli, que lo entrevistó en 1990 para la transmisión televisiva *Mixer*:

—Quisiera —dijo— que los jóvenes se interesaran por mi historia únicamente para pensar, más allá de todo lo que sucedió, en todo lo que podría suceder, y que sepan oponerse, eventualmente, a una violencia de tal magnitud.

Existe una hermosa historia que pertenece a la tradición judía, según la cual, sobre la tierra, en cada época, viven siempre treinta y seis justos; nadie sabe quiénes son, y ni siquiera ellos mismos saben que lo son, pero cuando el mal parece prevalecer, salen al descubierto y cargan sobre sus hombros el destino de todos. Esto, dice la tradición, es uno de los motivos por los cuales Dios no destruyó el mundo.

Giorgio Perlasca fue uno de los justos.

Si no hubiera sido por algunas mujeres judías húngaras que lo buscaron y lo encontraron al final de los años ochenta del siglo XX, su historia se habría perdido para siempre. Hasta aquel momento nadie sabía absolutamente nada. Sabía, sí, que mi padre había estado en Hungría y que había visto cosas terribles, porque de vez en cuando, en familia, nos contaba algún episodio; pero nada más. Nunca me habría imaginado que había sido el protagonista de una increíble mentira que lo había llevado a vestir el traje de un embajador español (¡él no era diplomático ni español!), y gracias a la cual había logrado salvar de una muerte segura a más de cinco mil doscientos húngaros de religión judía, además de contribuir de una manera decisiva a salvar de la destrucción el gueto de la capital, donde habían sido encerradas, para morir de hambre y de frío, más de sesenta mil personas.

Y entonces la sorpresa fue enorme la tarde en la que los esposos Lang llegaron al apartamento de la calle Marconi 13, en Padua. El recuerdo de aquel encuentro, luego de tantos años, aún me emociona. Cuando los Lang llegaron, mi padre salió a recibirlos. Eva y Pal se frenaron en la mitad del jardín, con lágrimas en sus ojos y diciendo:

—¡Me parece como si lo viera otra vez en las escaleras mientras detenía a los *nylas* (la Cruz Flechada) que nos querían llevar!

Luego ellos contaron la historia, y yo empecé a entender que mi padre, hace muchos años, había salvado a esa familia. Pero cuanto más avanzaba la historia, más me pareció entender que en ese hecho estaban involucradas otros cientos o miles de personas. Entré en crisis, pensando: "Si entiendo bien el significado de esta historia, ¡he vivido durante treinta años con una persona de la que no conozco nada!".

Descubrí que todo era verdad cuando la señora quiso entregarle a mi padre tres objetos, los únicos recuerdos de la familia salvados del desastre de la guerra. Mi padre no quería recibirlos, y le decía a la señora que ella debería conservarlos para dárselos a sus hijos como recuerdo de la familia. La señora Lang replicó:

—Señor Perlasca, usted debe conservarlos, porque sin usted nosotros no habríamos tenido hijos ni nietos.

Los tres objetos (una cuchara, una taza y un pequeño medallón) ahora los conservamos nosotros, con una atención y un amor muy particulares.

Desde aquel día, la historia de mi padre se volvió pública: Israel, Hungría, España, Estados Unidos e Italia le confirieron importantes reconocimientos; en Jerusalén, un árbol lo recuerda sobre la Colina de los Justos. Sin embargo, el "premio" que más valoraba era una pequeña placa que le habían hecho en una escuela a la que había llevado su historia. Habían escrito: "A un hombre al que quisiéramos asemejarnos".

Vinieron periodistas a entrevistarlo, salió un libro, la primera transmisión televisiva en la RAI. Su vida cambió. Viajaba por Italia y por el mundo, pero siguió siendo la persona tranquila y serena de siempre; es más: se sorprendía un poco por tanta notoriedad. A quien le preguntaba por qué lo había hecho, cuando habría podido irse tranquilamente a Suiza y allí esperar el final de la guerra, respondía, con una simplicidad que desarmaba:

—¿Y usted qué habría hecho en mi lugar, viendo que personas inocentes eran masacradas sin motivo?

A la pregunta: "¿Lo hizo porque usted es cristiano y creyente?", su respuesta fue inmediata y seca:

—No. ¡Lo hice porque soy un hombre!

Con ello quería dar a entender que algunos valores son patrimonio común, de todos, más allá de la religión de cada cual.

Era una persona muy normal que en esa época se encontraba en Hungría por motivos de trabajo; sin embargo, cuando vio el sufrimiento de los demás no miró para otra parte, y supo decir "¡No!", incluso arriesgando su propia vida. Su hazaña nos enseña que cada uno de nosotros, si quiere, siempre puede hacer algo para oponerse al mal.

Franco Perlasca

Luca Cognolato nació en 1963, en Marghera (Italia). Se convirtió en escritor de libros para niños y adolescentes (autor de la serie *Basket League*). Enseña Italiano e Historia en un instituto superior, luego de haber sido docente de una escuela media y haber desarrollado trabajos muy diferentes, más o menos interesantes. Siempre tiene un montón de cosas que hacer, pero amaría hacerlas lentamente.

Silvia del Francia nació en Padua (Italia), en 1966. Desde los veinte años administra una librería en su provincia y se especializó en literatura infantil y juvenil. En su librería organiza muy frecuentemente encuentros con los autores para jóvenes estudiantes.

En este libro se emplearon las familias tipográficas
Stempel Schneidler Std de 12,3 puntos
y Swiss 721 BT Thin de 20,3 puntos,
y se imprimió en papel Coral Book Ivory de 80 gramos.